不埋没一本好书，不错过一个爱书人

七楼书店

汪曾祺
文库本

9

沙家浜

汪曾祺 —— 著

杨早 —— 主编

金城出版社
GOLD WALL PRESS

·北京·

图书在版编目（CIP）数据

　　沙家浜/汪曾祺著；杨早主编. —北京：金城出版社有限公司，2024.3
　　（汪曾祺文库本）
　　ISBN 978-7-5155-2519-8

　　Ⅰ.①沙… Ⅱ.①汪… ②杨… Ⅲ.①戏剧－剧本－作品集－中国－当代 ②戏剧评论－中国－现代－文集 Ⅳ.①I230 ②J805.2-53

中国国家版本馆CIP数据核字(2023)第186496号

汪曾祺文库本：沙家浜
WANGZENGQI WENKUBEN: SHAJIABANG

作　　　者　汪曾祺
主　　　编　杨早
责任编辑　杨超
责任校对　彭洪清
责任印制　李仕杰
开　　　本　880毫米×1280毫米　1/64
印　　　张　5
字　　　数　113千字
版　　　次　2024年3月第1版
印　　　次　2024年3月第1次印刷
印　　　刷　文畅阁印刷有限公司
书　　　号　ISBN 978-7-5155-2519-8
定　　　价　38.00元

出版发行　金城出版社有限公司 北京市朝阳区利泽东二路3号
　　　　　邮政编码：100102
发行部　（010）84254364
编辑部　（010）64214534
总编室　（010）64228516
网　　址　http://www.jccb.com.cn
电子邮箱　jinchengchuban@163.com
法律顾问　北京植德律师事务所　（电话)18911105819

出版说明

　　文库本是源自德国、日本的一种图书出版形式，一般为平装64开，以开本小、易于携带、方便阅读、定价低为主要特点，如日本著名的"岩波文库""新潮文库"等，一般在精装单行本之后发行。能够出版文库本，意味着作品已经深受读者欢迎，出版方希望让更多的人以更简便的方式获得。

　　汪曾祺的作品非常适合做成文库本。不仅因为其篇幅短小、读者众多，也因为文库本的形式更契合汪曾祺文字闲适、淡雅的气质。

　　读者现在看到的，便是汪曾祺先生自1949年出版第一本书（小说集《邂逅集》）以来的第一个文库本。

据2020年出版的《汪曾祺全集》统计，汪曾祺一生写下约250万字的作品，以散文（包含随笔、小品文、文艺理论）、小说为主，另有戏剧、诗歌、书信等。文库本分10册，编为小说3册、散文5册、戏剧1册、书信1册，基本涵盖了所有体裁。

汪曾祺的小说共有162篇，约70万字。文库本编入47篇近22万字，辑为第1册《异秉》（早期作品：1940—1962年创作）、第2册《受戒》（中期作品：1979—1986年创作）、第3册《聊斋新义》（晚期作品：1987—1997年创作）。

汪曾祺的散文共有550余篇，约120万字。文库本编入116篇近33万字，辑为第4册《人间草木》（谈草木虫鱼鸟兽）、第5册《人间至味》（谈吃）、第6册《山河故人》（忆师友）、第7册《桃花源记》（游记）、第8册

《自报家门》（说自己）。

汪曾祺的戏剧有19部，约33万字。文库本编入3部近7万字，辑为第9册《沙家浜》。

汪曾祺的书信有293封，约16万字。文库本编入63封近8万字，辑为第10册《写信即是练笔》。

本书使用的文本，以初版本或作者改订本为底本，参校初刊本、作者手稿及手校本等。原文缺字以□代替；可明确的底本误植，由编者径改；底本与他本相抵牾者皆采用现行规范用法。正文中作者原注和编者注均以脚注形式标在当页，编者所做的必要注释以"编者注"字样标出。原文末尾作者未标出写作时间的，统一补充写作或初刊、初版时间。

本书全部文本由李建新审订，他对汪曾祺作品的校勘工作获得了汪先生家人与研究界的普遍认可。

汪曾祺文库本不求面面俱到，不照顾研究

需要，所愿者，是将汪先生最精彩的文本，最适合随时随处阅读的文字，以最适当的篇幅、形式呈现给读者。汪先生曾有言：短，是对现代读者的尊重。文如此，书亦如此。

序言

1981年8月，汪曾祺动了回乡的念头。高邮与他，已暌违42年矣。但是此时汪曾祺在京剧院算"返聘"，前一段参加笔会较多，不太好再申请外出，因此他致信小学同学刘子平，希望高邮有关部门出函邀请。

据说，县领导根本不知道汪曾祺此时已誉满文坛的《受戒》《大淖记事》，最后邀请者只好搬出了"《沙家浜》的作者"这个名头，县领导听后神情惊讶，毫不犹豫地指示："请他回来！"

《沙家浜》1963年改编自沪剧《芦荡火种》，次年进了中南海演出。后来有一次，汪曾祺亲自听到周恩来在布置完工作的时候，加了一句："可不要'人一走，茶就凉'啊！"这正是《沙家浜》里的经典唱词，汪曾祺原创。《沙家浜》这个剧名也是毛泽东亲自确定的。沈从文对《沙家浜》也相当欣赏，认为汪曾祺"笔下精彩，哪里是从二三年中训练班可以解决？哪里是一般训练方法即可解决"？

汪曾祺对《沙家浜》也有自信。有一次汪曾祺全家议论哪个"样板戏"好看，汪曾祺认为，"也就是《红灯记》《智取威虎山》能传下去"，原因是"有生活，有人物"。那《沙家浜》如何呢，他自信地回答："那当然！……《智斗》肯定会传下去！"

就是汪曾祺准备回乡的1981年9月，上海辞书出版社出版了《中国戏曲曲艺词典》，收入"汪曾祺""沙家浜"两个词条。"汪曾祺"释文中说他"在创作中力求把传统的戏曲形式与现代的思想和审美观结合起来，并致力提高戏曲剧本的'可读性'"。

因为汪曾祺小说、散文的名声太响，以至于大多数人都忘了，他的本行是"一级编剧"。早在1954年，汪曾祺写出了他第一个剧本《范进中举》，并获得北京市文化局年终汇报演出京剧一等奖。1962年1月更是进入北京京剧团，一直干到离休。

汪曾祺很清楚戏剧剧本跟小说不一样。"戏剧是不容深思的艺术，它当场给人感受，不可能供人思索。'写诗文不能写尽，只能说二三分，写戏必须说尽，十分就得说出十分'，这是很有道理的。戏剧的结构是属于一种建筑，小说的结构是树木。"他此时的志向就是："跟京剧闹闹别扭。"这一来就是二三十年，最后汪曾祺仍然感慨："在京剧中想要试验一点新东西，真是如同一拳打在城墙上！"他对20世纪末的京剧看法是："京剧的问题很严重，编导人才太缺乏，艺术观念太狭隙，没有追求，一代不如一代，十分危险。"

汪曾祺希望戏剧尤其是京剧，能够"把门窗都打开，接受一点新鲜空气，借以恢复自己的活力"，这新鲜空气一是民间的东西，一是外来的东西。他站在戏剧剧本作者的立场上说："戏曲剧作者常常说自己低人一等，被人家看不起。当然这种社会风气是不公平的，但戏曲剧作者自己也要争气，把剧本的文学性提得高高的，把词儿写得棒棒的，叫诗人、小说家折服。"可见他想跟京剧"闹别扭"，就是要提高京剧剧本的文学性。

但是这种追求也带来一个问题，就是容易让剧本变成审美价值高的文学文本，不利于上台搬演。老舍看过汪曾祺《范进中举》的初稿，曾在酒后对汪曾祺说："你那个剧本——没戏！"他认为汪曾祺的剧本缺乏戏剧性。后来此剧搬演上台，果然又请人加了许多情节唱词。

本集所选三出戏剧，分别代表了汪曾祺戏

剧创作的三种方向：《沙家浜》是奉命改编之作，但由汪曾祺执笔，文学性无疑大大提高，"垒起七星灶，铜壶煮三江"化用苏轼诗词，获得交口称赞；《范进中举》就是那出获了奖但"没戏"的作品，出自汪曾祺酷爱的《儒林外史》，刻画知识分子、官僚及民众，均入皮入骨；《小翠》改编自汪曾祺同样酷爱的古典小说《聊斋志异》，很俏皮，也很现代，当然也引来过无端的猜测，很让作者吃了苦头。

这三出戏剧可以让读者一窥汪曾祺这位一级编剧的剧本风采。另外，汪曾祺的京剧评论细致精到，有时比现场看戏本身还过瘾，也选了一篇《笔下处处有人》以为代表。《听遛鸟人谈戏》则涉及对京剧与当下观众关系的反思，见证了汪曾祺的"闹别扭"与"撞墙"。

杨早

2023年3月

目录

沙家浜　　001

范进中举　　107

小翠　　181

笔下处处有人　　270

听遛鸟人谈戏　　297

沙家浜

人物表:

郭建光——男,新四军某部连指导员

阿庆嫂——女,中国共产党党员,党的秘密工
　　　　　作者

沙奶奶——女,沙家浜群众积极分子

程谦明——男,中国共产党常熟县委书记

叶思中——男,新四军某部排长

班　长——男,新四军某部班长

小　凌——女,新四军某部卫生员

小　王——男,新四军某部战士

小　虎——男,新四军某部战士

新四军战士林大根、张松涛等人

沙四龙——男，沙奶奶的儿子，沙家浜基干民
　　　　　　兵，后参加新四军

赵阿祥——男，沙家浜镇镇长

王福根——男，沙家浜基干民兵

阿　福——男，沙家浜革命群众

沙家浜群众老幼男女若干人

胡传魁——男，伪"忠义救国军"司令

刁德一——男，伪"忠义救国军"参谋长

刘副官——男，伪"忠义救国军"副官

刁小三——男，刁德一的堂弟

伪"忠义救国军"士兵若干人

黑　田——男，日寇大佐

邹寅生——男，日寇翻译

日寇士兵数人

第一场　接线

〔抗日战争时期。半夜。江苏省常

熟县地区，日寇设置的一条公路封锁线。

〔幕启：沙四龙由树后拨开草丛上，侦察四周，脚下一绊，翻"小毛"，警惕地张望。向幕内招手。

〔阿庆嫂上，后随赵阿祥、王福根。

阿庆嫂 （唱"西皮摇板"）

程书记派人来送信，

伤员今夜到镇中。

封锁线上来接应……

〔沙四龙吹苇叶为联络暗号，无反应。沙四龙欲沿公路上寻找，阿庆嫂急忙制止。

阿庆嫂 （接唱）

须防巡逻的鬼子兵。

〔阿庆嫂拉着沙四龙，示意赵阿祥暂时隐蔽。王福根突然发现程谦明走来，急回身招呼阿庆嫂。

王福根　阿庆嫂，来了！

　　　　〔程谦明上。

程谦明　阿庆嫂！老赵同志！

阿庆嫂/赵阿祥　程书记！

阿庆嫂　伤员同志都来了吗？

程谦明　同志们都来了。你看，郭指导员来了。

　　　　〔郭建光上，亮相。叶思中、小虎
　　　　随上。

郭建光　（向叶思中）警戒！（向程谦明）程
　　　　书记！

程谦明　我来介绍一下：这是郭指导员。这是沙
　　　　家浜镇长赵阿祥。这就是阿庆嫂，她
　　　　是这儿的党支部书记，又是联络员，
　　　　她的公开身份是春来茶馆的老板娘。
　　　　她的丈夫阿庆，是我们党的交通员。

阿庆嫂/赵阿祥　郭指导员！

郭建光　赵镇长！阿庆嫂！（与二人热情地
　　　　握手）

程谦明　你们安心在沙家浜养伤，如果情况有变化，我会来跟你们联系。马上通过封锁线。

郭建光　叶排长，把同志们领过来。

叶思中　是！

小　虎　指导员！鬼子的巡逻队！

郭建光　隐蔽！

〔军民迅速隐蔽。

〔一支日本帝国主义的小分队极其凶恶、狡猾地巡逻而过。

〔沙四龙从树后出，矫健敏捷地翻"单蛮子"，急向日寇下去的方向窥视。回身向阿庆嫂等招手，众上。沙四龙、赵阿祥等照顾伤员们通过封锁线。郭建光、阿庆嫂与程谦明握手告别。

——幕闭

第二场　转移

〔前场十多天后。阳澄湖边，沙奶奶
家门前。垂柳成行，朝霞瑰丽。

〔幕启：沙奶奶正在缝补衣裳。小凌
整理绷带、药品。小王在折口袋。

小　凌　小王，来换药！

小　王　换药？我不换！

小　凌　为什么？

小　王　小凌！咱们药品这么困难，应该先尽
着重伤员用，我这伤很快就会好了。

小　凌　药是不多了，可是咱们的流动医院很
快就要给咱们送药来了。你的伤不算
重，可也不算轻啊！

小　王　我是轻伤员！

小　凌　轻伤员？那指导员带着轻伤员帮助老
乡收稻子，为什么不叫你去呀？

〔小王语塞。

小　凌　小王，来换药吧！

小　王　我就不换！

小　凌　指导员叫你换的！

　　　　〔小王无可奈何地同意换药。回身看
　　　　见沙奶奶。

小王/小凌　沙奶奶！

沙奶奶　嗨！小王，你们伤病员同志，就应该
　　　　听医生、护士的话，可不能由着性
　　　　子来！

　　　　〔小王顺从地让小凌为他换药。

小　凌　瞧，沙奶奶都批评你了！

小　王　哼！沙奶奶特别喜欢你，所以说话就
　　　　总向着你呗！

沙奶奶　你说我向着她，我就向着她！人家姑
　　　　娘说话办事总占在理上，我就喜欢
　　　　她嘛！

小　王　那，赶明儿让四龙跟我们走，把小凌
　　　　给您留下，我们拿姑娘换您个小子！

沙奶奶　　那敢情好！沙奶奶这辈子养了四个儿
　　　　　　子，还就是缺个女儿呀！

　　　　　〔沙奶奶坐。小凌搬小凳坐沙奶奶
　　　　　　身边。

小　凌　　沙奶奶，您总说您有四个儿子，怎么
　　　　　　我们就看见四龙一个人哪？

沙奶奶　　（万分感慨，阶级仇恨涌上心头）那
　　　　　　都是过去的事，还提它干什么！

小　凌　　沙奶奶，我们都想听听。

小　王　　是啊，沙奶奶，您说给我们听听。

沙奶奶　　（满腔仇恨，忍不住向亲人控诉一生
　　　　　　的苦难。唱"二黄三眼"）

　　　　　　　　说来话长……

　　　　　　　　想当年家贫穷无力抚养，

　　　　　　　　四个儿有两个冻饿夭亡。

　　　　　　　　遭荒年背上了刁家的阎王账，

　　　　　　　　为抵债他三哥去把活儿扛。

　　　　　（转"原板"）

刁老财 （站起，更加愤慨地控诉）蛇蝎心肠忒毒狠，

他三哥，终日辛劳，遭受毒打，伤重身亡。

四龙儿脾气暴性情倔强，

闯进刁家论短长。

刁老财他说是夜入民宅，非偷即抢，

可怜他十六岁孩子也坐牢房。

新四军打下沙家浜，

我的儿出牢房他得见日光。

共产党就像天上的太阳一样！

小　凌　沙奶奶，您说得对呀！

沙奶奶　（接唱"二黄摇板"）

没有中国共产党，早已是家破人亡！

小　王　沙奶奶，有了共产党，咱们穷人就不怕他们了！

沙奶奶　　是啊!

　　　　　〔阿福端一碗年糕上。

阿　福　　沙奶奶!

沙奶奶　　阿福。

阿　福　　我妈叫我给指导员送点年糕来。

沙奶奶　　我也蒸了一点。

阿　福　　我妈说这是对咱们军队的一点心意啊!

沙奶奶　　说得对! 放在这篮子里,待会儿我炒
　　　　　一下给他们吃!

阿　福　　小王,李大妈等着你拿口袋装稻谷,
　　　　　好去藏粮食!

小　王　　(一直沉湎在沙奶奶的痛苦的家史里,
　　　　　忽然想起,要找刁老财去算账)沙奶
　　　　　奶,您说的那个刁老财他在哪儿?

沙奶奶　　怎么,你还想着这件事哪? 刁老财死
　　　　　了! 喉,他还有个儿子,前几年听说
　　　　　在东洋念书,现在也不知道哪儿去了。

小　凌　　沙奶奶,小王就是爱打破砂锅问到

底！（向小王）小王，李大妈还等着
口袋藏粮食哪！

小　王　哎！

阿　福　咱们一块儿走。（与小王同下）

〔沙奶奶提篮子，要去洗衣裳，被小
凌发现。

小　凌　沙奶奶您又去洗衣裳！我去洗！

沙奶奶　嘻！指导员连夜帮我们抢收粮食，我
洗两件衣裳，还不应该吗？！

小　凌　那我跟您一块儿去。

沙奶奶　好！走！（与小凌同下）

〔郭建光与叶思中乘船上。把一箩一
箩的稻谷搬下船。

叶思中　指导员，当心哪！

郭建光　好，叶排长，（指稻谷）把沙奶奶的
稻谷赶快藏在屋后埋在地下的缸里，
坚壁起来！

叶思中　是。（将稻谷挑到沙奶奶屋后）

〔郭建光顺手拿起扫帚打扫场院。劳动之后，面对江南景色，他心情激动，思念战友，渴望尽快重新奔赴战场。

郭建光　（唱"西皮原板"）

朝霞映在阳澄湖上，

芦花放稻谷香岸柳成行。

全凭着劳动人民一双手，

画出了锦绣江南鱼米乡。

祖国的好山河寸土不让，

岂容日寇逞凶狂！

战斗负伤离战场，

养伤来在沙家浜。

半月来思念战友（转"二六"）

与首长，

（转"流水"）

也不知转移在何方。

（转"快板"）

军民们准备反"扫荡"，

何日里奋臂挥刀斩豺狼？！

伤员们日夜盼望身健壮，

为的是早早回前方！

　〔沙奶奶偕小凌上。

小　凌　指导员！

沙奶奶　指导员！

郭建光　沙奶奶！

小　凌　指导员，沙奶奶又给咱们洗衣裳了！

沙奶奶　这姑娘，洗两件衣裳还不应该吗！

郭建光　哈……哈……

沙奶奶　（向郭建光）同志们都回来啦？

　〔小凌晾衣裳。

郭建光　回来啦。稻子全收完啦。把您的稻谷

　　　　都给藏好了。

沙奶奶　好！累坏了！

郭建光　不累呀，沙奶奶！

沙奶奶　快坐这歇会儿！指导员，你看，这是

阿福给你们送来的年糕。

郭建光　乡亲们待我们太好了！

　　　　〔沙四龙提了两条鱼和螃蟹、虾米上。

沙四龙　妈！我摸了两条鱼，还有螃蟹、虾米！

沙奶奶　四龙，刚干完活就下湖去了？

沙四龙　好给指导员下饭哪！

郭建光　哈……哈……

沙奶奶　好啊，拿来，我拾掇去。

郭建光　我来吧。

沙四龙　妈，您甭管了，我去拾掇。（进屋）

郭建光　沙奶奶，您坐。

　　　　〔叶思中从屋后上。

叶思中　指导员，有几个同志申请归队。（递
　　　　上申请书）

郭建光　都这么性急！（看申请书）好，叶排
　　　　长，我看，一部分同志伤已经好了，
　　　　可以先走。

叶思中　是。

沙奶奶　　走？上哪儿去？

郭建光　　我们找部队去呀！

沙奶奶　　找部队去？那哪儿成啊！

　　　　　（唱"西皮摇板"）

　　　　　　　　同志们杀敌挂了花，

　　　　　　　　沙家浜就是你们的家。

　　　　　　　　乡亲们若有怠慢处，

　　　　　　　　说出来我就去批评他！

叶思中　　沙奶奶……

　　　　　〔郭建光用手一拦。

郭建光　　沙奶奶叫咱们提意见。提意见……沙
　　　　　奶奶，我给您提个意见哪！

沙奶奶　　给我提意见？（爽朗地）好哇，提吧！

郭建光　　好吧！沙奶奶，您听着。

　　　　　（接唱）

　　　　　　　　那一天同志们把话拉，

　　　　　　　　在一起议论你沙妈妈。

沙奶奶　　（认真地）说什么来着？

郭建光　（接唱）

　　　　　七嘴八舌不停口……

沙奶奶　哦，意见还不少哪！

郭建光　（接唱）

　　　　　一个个伸出拇指把你夸！

〔郭建光、叶思中、小凌同笑。

沙奶奶　我可没做什么事呀！

郭建光　沙奶奶。

　　　　（亲切地，唱"西皮流水"）

　　　　　你待同志亲如一家，

　　　　　精心调理真不差。

　　　　　缝补浆洗不停手，

　　　　　一日三餐有鱼虾。

　　　　　同志们说：似这样长期来住下，

　　　　　只怕是，心也宽，体也胖，路

　　　　　也走不动，山也不能爬，怎能

　　　　　上战场把敌杀！

沙奶奶　（对叶思中等）哟！你瞧他说的！

〔郭建光、叶思中、小凌同笑。

郭建光　（接唱）

待等同志们伤痊愈——

沙奶奶　（接唱）

伤痊愈，（亲热地）也不准离
开我家。

要你们一日三餐九碗饭，

一觉睡到日西斜，

直养得腰圆膀又扎，

一个个像座黑铁塔，

到那时，身强力壮跨战马——

郭建光　（接唱）

驰骋江南把敌杀。

消灭汉奸清匪霸，

打得那日本强盗回老家。

等到那云开日出，家家都把红
旗挂，

再来探望你这革命的老妈妈！

〔阿庆嫂、赵阿祥、王福根、阿福匆匆上。沙四龙闻声从屋里出来。

阿庆嫂　指导员!

郭建光　阿庆嫂。

阿庆嫂　鬼子开始"扫荡"了。进行得很快!县委指示,要同志们到芦荡里暂避一时。船和干粮,我都准备好了!

郭建光　阿庆嫂,老赵同志!你们通知民兵,带领乡亲们转移出去,把余下的粮食尽可能地赶快坚壁起来,来不及坚壁的,就带着走!

阿庆嫂/赵阿祥　好!

阿庆嫂　指导员你放心吧。就到咱们看好的地方去,到时候我去接你们。沙奶奶,叫四龙、阿福送同志们去吧?

沙奶奶　好! (进屋取年糕、锅巴)

沙四龙　船在哪儿?

阿　福　在镇西北角。

郭建光　叶排长，镇西北角集合！

叶思中　是！

〔小凌收了晾着的衣裳，与叶思中同下。

阿庆嫂　四龙啊！行船要隐蔽，千万别让任何人看见，啊！

沙四龙　哎！

〔沙奶奶提竹篮上。

沙奶奶　把这点锅巴、年糕都带上。（把篮子交给沙四龙）这芦荡无遮无盖，伤员同志们怎么受得住啊！

郭建光　沙奶奶，我们有毛主席英明领导，有红军爬雪山过草地的传统，什么也难不倒我们！

〔炮声隆隆。

阿庆嫂　指导员，你们走吧！

郭建光　阿庆嫂，赵镇长，沙奶奶，你们都要当心哪！

阿庆嫂/沙奶奶/赵阿祥　我们知道。

郭建光　阿福、四龙，咱们走吧。（与沙四龙、阿福下）

阿庆嫂　（向赵阿祥、王福根）按照郭指导员的布置马上行动！

赵阿祥　我带领着乡亲们转移出去。

王福根　我带一部分人把没有坚壁好的粮食藏起来。

阿庆嫂　要快！

赵阿祥/王福根　哎！（下）

阿庆嫂　沙奶奶，您赶快把东西收一收！我再看看同志们去！

沙奶奶　好！

　　　　〔阿庆嫂走上土坡。沙奶奶收拾茶具，走向屋里。

　　　　〔灯光转暗。炮声、枪声渐近，远处火光起。灯光渐亮。阿庆嫂、赵阿祥扶老携幼，布置群众转移。日寇枪杀群众，群众愤怒地挺身反抗。王福根勇敢地砍死一日寇，背起受伤的乡亲；沙四龙夺得一支步枪，同下。日寇翻译邹寅生上。日寇大佐黑田带日寇士兵上。

邹寅生　报告！新四军没有，新四军伤病员也没有！

黑　田　你，去找"忠义救国军"，新四军伤病员，叫他们统统的抓到！

邹寅生　是！

黑　田　开路！

——幕闭

第三场　勾结

〔距前场三天。伪"忠义救国军"司令部。

〔幕启：刁德一与邹寅生耳语。

刁德一　我看没有什么问题，这个土匪司令在
　　　　新四军和皇军中间也混不下去了，他
　　　　要想吃喝玩乐，不投靠皇军是不行喽。

邹寅生　投靠皇军，我看这位胡司令还没拿
　　　　定主意，现在这支队伍还是他说了
　　　　算哪！

刁德一　他说了算？用不了多久就得我说了算！

邹寅生　你可真高明啊！

　　　　〔刘副官上。

刘副官　报告，司令到！

刁德一　好。

　　　　〔刘副官下。

　　　　〔胡传魁一副骄横凶狠相，上。

胡传魁　（唱"西皮散板"）

　　　　　　乱世英雄起四方，

　　　　　　有枪就是草头王。

　　　　　　钩挂三方来闯荡：

　　　　　　老蒋、鬼子、青红帮。

刁德一　我来介绍一下，这位就是新近改编的"忠义救国军"的司令，胡传魁，胡司令！司令，这位是日本皇军黑田大佐的翻译官邹寅生先生。

胡传魁　好！坐，坐，坐！

〔胡传魁大大咧咧地与邹寅生握手。

刁德一　司令，邹先生带来皇军的意见。

胡传魁　好，说吧！

邹寅生　胡司令，上回我和刁参谋长说好了的，在扫荡中，共同围剿新四军，这回没有消灭他们，皇军对于胡司令很不满意！

胡传魁　他不满意怎么着！新四军是有胳膊有腿的，皇军碰不着，那么就应当我碰着吗？跟你说，我不能拿着鸡蛋往石头上撞。这个队伍，我当家！

邹寅生　这个队伍是你当家，可是皇军要当你的家！

刁德一　司令！黑田大佐要消灭咱们这支队伍！多亏了邹先生从中帮忙啊！

胡传魁　帮忙！他也不能光用话甜和人哪，咱们这个队伍，要钱，要枪，要子弹！

刁德一　这些，倒是都给咱们准备下了。

邹寅生　咱们要是谈妥了，皇军命令你们驻防沙家浜。

刁德一　司令，这可是个鱼米之乡啊！

胡传魁　老刁，沙家浜是共产党的地方，那新四军可不好惹啊！

邹寅生　司令！皇军也不好惹啊！

刁德一　司令，有奶就是娘！背靠皇军，咱们干他一场！就看你有没有这个胆量了！

胡传魁　好！一言为定！（与邹寅生握手）

邹寅生　还有个小条件。

胡传魁　（向刁德一，不满地）他怎么这么些个条件哪！

邹寅生　新四军有一批伤病员，原来隐藏在沙
　　　　家浜，皇军要求胡司令一定把他们
　　　　抓到。

刁德一　这没问题，我包下了！

胡传魁　既然是一块儿打共产党嘛，这是个小
　　　　意思。来人哪！

　　　　〔刘副官、刁小三上。

刘副官/刁小三　有！

胡传魁　传我的命令：今天下午，队伍开进沙
　　　　家浜！

刘副官/刁小三　是！（下）

刁德一　司令，您这回是明靠蒋介石，暗投皇
　　　　军，真是左右逢源，曲线救国呀！您
　　　　可算得是当代的一位英雄！

胡传魁　他明也好，暗也好，还不是你刁参谋
　　　　长挂的钩吗！这回到了你的老家了，
　　　　你可以重整家业，耀祖光宗。哎，就
　　　　是我这强龙也压不过你这地头蛇！

邹寅生　彼此，彼此……

邹寅生/胡传魁/刁德一　哈哈哈……

——幕闭

第四场　智斗

〔日寇在沙家浜镇"扫荡"了三天，已经过境。

〔春来茶馆。设在埠头路口。台的左右各有方桌一张，方凳两个。日寇过后，桌椅茶具均遭破坏，屋外凉棚东倒西歪。地下有一些断砖碎瓦，春来茶馆的招牌也被扔在地下。

〔幕启：阿庆嫂扶老携幼上。

阿庆嫂　您慢着点！

老大爷　阿庆嫂，谢谢你一路上照顾！

阿庆嫂　没什么，这是应当的。

老大爷　看，叫他们糟蹋成什么样了！

〔又一批群众上。

群　众　阿庆嫂！

阿庆嫂　你们回来了！

群　众　回来了。

老大爷　我们大家伙帮助收拾收拾吧！

阿庆嫂　行了，我自己来吧。

　　　　〔阿庆嫂从地下把招牌拾起，放在桌
　　　　子上。众扶起翻倒的桌凳，捡走破碎
　　　　的茶具、砖瓦，支起凉棚。

少　妇　阿庆嫂，我回去了。

老大爷　阿庆嫂，我们也回去了。

阿庆嫂　您慢点走啊！

老大娘　我们也回去了。

阿庆嫂　（向小姑娘）搀着你妈点！
　　　　〔群众下。
　　　　〔阿庆嫂掸净招牌上的泥土，对着观
　　　　众，亮出招牌上的字样，然后挂起招
　　　　牌，打开放置茶具的柜子。

阿庆嫂　（唱"西皮摇板"）

　　　　　敌人"扫荡"三天整，

　　　　　断壁残墙留血痕。

　　　　　逃难的众邻居都回乡井，

　　　　　我也该打双桨迎接亲人。

　　　　〔沙奶奶、沙四龙迎面而来。

沙奶奶/沙四龙　阿庆嫂！

沙奶奶　你回来了。

阿庆嫂　回来了。

沙四龙　鬼子走了，该把伤病员同志们接回

　　　　来了！

阿庆嫂　对！四龙，咱们这就走！

沙四龙　走！

　　　　〔内喊："胡传魁的队伍快要进镇

　　　　子了！"

　　　　〔群众跑上，告诉阿庆嫂："胡传魁

　　　　来了！"……赶快跑下。

　　　　〔赵阿祥、王福根上。

赵阿祥　阿庆嫂，胡传魁的队伍快要进镇了！

阿庆嫂　他来了！日本鬼子前脚走，他后脚就到了，怎么这么快呀？（向王福根）你瞧见他们的队伍了吗？

王福根　瞧见了，有好几十个人哪！

阿庆嫂　好几十个人？

王福根　戴的是国民党的帽徽，旗子上写的是"忠义救国军"。

阿庆嫂　（思考）"忠义救国军"？……国民党的帽徽？……

赵阿祥　听说刁德一也回来了。

沙奶奶　刁德一是刁老财的儿子！

阿庆嫂　（向王福根）你再看看去。

王福根　哎。（下）

阿庆嫂　胡传魁这一回来，是路过，是长住，还不清楚，伤员同志们先不能接，咱们得想办法给他们送点干粮去。

赵阿祥　我去预备炒米。

沙四龙　我去准备船。

阿庆嫂　要提高警惕呀！

赵阿祥/沙四龙　哎！

　　　　　　〔沙四龙扶沙奶奶下，赵阿祥随下。

　　　　　　〔阿庆嫂走进屋内。

　　　　　　〔内喊："站住！"

　　　　　　〔一妇女跑下。

　　　　　　〔内喊："站住！"刁小三追逐一挟

　　　　　　包袱的少女上。

刁小三　站住！老子们抗日救国，给你们赶走

　　　　了日本鬼子，你得慰劳慰劳！

　　　　　　〔刁小三抢少女包袱。

少　女　你干吗抢东西？！

刁小三　抢东西？我还要抢人呢！（扑向少女）

少　女　（急中生计，求救地喊）阿庆嫂！

　　　　　　〔阿庆嫂急忙从屋里出来，护住少女。

阿庆嫂　得啦，得啦，本乡本土的，何必呢！

　　　　来，这边坐会儿，吃杯茶。

刁小三　干什么呀，挡横是怎么着？！……

〔刘副官上。

刘副官　刁小三，司令这就来，你在这干吗哪？

阿庆嫂　喂，是老刘啊！

刘副官　（得意地）阿庆嫂，我现在当副官啦！

阿庆嫂　喔！当副官啦！恭喜你呀！

刘副官　老没见了，你倒好哇？

阿庆嫂　好。

刘副官　刁小三，都是自己人，你在这闹什么哪？

阿庆嫂　是啊，这位兄弟，眼生得很，没见过，在这儿跟我有点过不去呀！

刘副官　刁小三！这是阿庆嫂，救过司令的命！你在这儿胡闹，司令知道了，有你的好吗？

刁小三　我不知道啊！阿庆嫂，我刁小三有眼不识泰山，您宰相肚里能撑船，别跟我一般见识啊！

阿庆嫂　（已经察觉他们是一伙敌人，虚与周旋）没什么！一回生，两回熟嘛，我也不会倚官仗势，背地里给人小鞋穿，刘副官，您是知道的！

刘副官　哎，人家阿庆嫂是厚道人！

阿庆嫂　（向少女）回去吧。

少　女　他还抢我包袱哪！

阿庆嫂　包袱？他哪能要你的包袱啊！（向刁小三）跟她闹着玩哪，是吧？（向刘副官）啊？

刘副官　啊。（向刁小三）闹着玩，你也不挑个地方！

　　　　〔刁小三无可奈何地把包袱递给阿庆嫂。

阿庆嫂　（把包袱给少女）拿着，要谢谢！快回去吧！

　　　　〔少女下。

刘副官　刁小三，去接司令、参谋长。去吧，去吧！

刁小三　阿庆嫂，回见。

阿庆嫂　回见，待会儿过来吃茶呀。

〔刁小三凶横地、恨恨不满地下。

刘副官　阿庆嫂，他是我们刁参谋长的堂弟，
您得多包涵点呀！

阿庆嫂　这算不了什么。刘副官，您请坐，待
会儿水开了我就给您泡茶去，您是稀
客，难得到我这小茶馆里来！

〔阿庆嫂欲进屋，刘副官从后叫住。

刘副官　阿庆嫂，您别张罗！我是奉命先来看
看，司令一会儿就来。

阿庆嫂　司令？

刘副官　啊，就是老胡啊！

阿庆嫂　哦，老胡当司令了？

刘副官　对了！人也多了，枪也多了！跟上回
大不相同，阔多喽。今非昔比，鸟枪
换炮了！

阿庆嫂　哦。（下决心进行侦察）啊呀，那好
　　　　哇！刘副官，一眨眼，你们走了不少
　　　　的日子了。（一面擦拭桌面，一面观
　　　　察刘副官）

刘副官　啊，可不是嘛。

阿庆嫂　（试探地）这回来了，可得多住些日
　　　　子了？

刘副官　这回来了，就不走了！

阿庆嫂　……哦！（断定他们是长住了，就故
　　　　意表示欢迎的态度）那好啊！

刘副官　要在沙家浜扎下去了，司令部就安在
　　　　刁参谋长家里，已经派人收拾去了。
　　　　司令说：先到茶馆里来坐坐。
　　　　〔内一阵脚步声。

刘副官　司令来了！
　　　　〔刘副官忙去迎接。阿庆嫂思考对策。
　　　　〔胡传魁、刁德一、刁小三上。四个
　　　　伪军从土坡上走过。

胡传魁　　嘿，阿庆嫂！

　　　　　〔胡传魁脱斗篷。刘副官接住，下。

阿庆嫂　　（回身迎上）听说您当了司令啦，恭
　　　　　喜呀！

胡传魁　　你好哇？

阿庆嫂　　好啊，好啊，哪阵风把您给吹回来了？

胡传魁　　买卖兴隆，混得不错吧？

阿庆嫂　　托您的福，还算混得下去。

胡传魁　　哈哈哈……

阿庆嫂　　胡司令，您这边请坐。

胡传魁　　好好好，我给你介绍介绍，这是我的
　　　　　参谋长，姓刁，是本镇财主刁老太爷
　　　　　的公子，刁德一。

　　　　　〔刁德一上下打量阿庆嫂。

阿庆嫂　　（发觉刁德一是很阴险狡猾的敌人，
　　　　　就虚与周旋地）参谋长，我借贵方一
　　　　　块宝地，落脚谋生，参谋长树大根
　　　　　深，往后还求您多照应。

胡传魁　是啊，你还真得多照应着点。

刁德一　好说，好说。

　　　　　〔刁德一脱斗篷。刁小三接住，下。

阿庆嫂　参谋长，您坐！

胡传魁　阿庆哪？

阿庆嫂　还提哪，跟我拌了两句嘴，就走了。

胡传魁　这个阿庆，就是脚野一点，在家里待
　　　　不住哇。上哪儿了？

阿庆嫂　有人看见他了，说是在上海跑单帮
　　　　哪。说了，不混出个人样来，不回来
　　　　见我。

胡传魁　对嘛！男子汉大丈夫，是要有这么点
　　　　志气！

阿庆嫂　您还夸他哪！

胡传魁　阿庆嫂，我上回大难不死，才有了今
　　　　天，我可得好好地谢谢你呀！

阿庆嫂　那是您本身的造化。哟，您瞧我，净
　　　　顾了说话了，让您二位这么干坐着。

　　　　　我去泡茶去，您坐，您坐！（进屋）

刁德一　司令！这么熟识，是什么人哪？

胡传魁　你问的是她？

　　　　　（唱"西皮二六"）

　　　　　　　想当初老子的队伍才开张，

　　　　　　　拢共才有十几个人、七八条枪。

　　　　　（转"流水"）

　　　　　　　遇皇军追得我晕头转向，

　　　　　　　多亏了阿庆嫂，她叫我水缸里

　　　　　　　面把身藏。

　　　　　　　她那里提壶续水，面不改色，

　　　　　　　无事一样，

　　　　〔阿庆嫂提壶拿杯，细心地听着，发

　　　　　现敌人看见了自己，就若无其事地从

　　　　　屋里走出。

胡传魁　（接唱）

　　　　　　　骗走了东洋兵，我才躲过大难

　　　　　　　一场。（转向阿庆嫂）

似这样救命之恩终身不忘，

俺胡某讲义气终当报偿。

阿庆嫂　　（有意在敌人面前掩饰自己）胡司
令，这么点小事，您别净挂在嘴边
上。那我也是急中生智，事过之
后，您猜怎么着，我呀，还真有点后
怕呀！

〔阿庆嫂一面倒茶，一面观察。

阿庆嫂　　参谋长，您吃茶！（忽然想起）哟，
香烟忘了，我去拿烟去。（进屋）

刁德一　　（看着阿庆嫂背影）司令！我是本地
人，怎么没有见过这位老板娘啊？

胡传魁　　人家夫妻"八一三"以后才来这儿开
茶馆，那时候你还在日本留学，你怎
么会认识她哪？！

刁德一　　噢！这个女人真不简单哪！

胡传魁　　怎么，你对她还有什么怀疑吗？

刁德一　　不不不！司令的恩人嘛！

胡传魁　你这个人哪！

刁德一　嘿嘿嘿……

〔阿庆嫂取香烟、火柴，提铜壶从屋内走出。

阿庆嫂　参谋长，烟不好，请抽一支呀！

〔刁德一接过阿庆嫂送上的烟。阿庆嫂欲为点烟，刁德一谢绝，自己用打火机点着。

阿庆嫂　胡司令，抽一支！

〔胡传魁接烟。阿庆嫂给胡传魁点烟。

刁德一　（望着阿庆嫂背影，唱"反西皮摇板"）

这个女人不寻常！

阿庆嫂　（接唱）

刁德一有什么鬼心肠？

胡传魁　（唱"西皮摇板"）

这小刁一点面子也不讲！

阿庆嫂　（接唱）

这草包倒是一堵挡风的墙。

刁德一　（略一想，打开烟盒请阿庆嫂抽烟）

抽烟!

〔阿庆嫂摇手拒绝。

胡传魁　人家不会，你干什么!

刁德一　（接唱）

她态度不卑又不亢。

阿庆嫂　（唱"西皮流水"）

他神情不阴又不阳。

胡传魁　（唱"西皮摇板"）

刁德一搞的什么鬼花样?

阿庆嫂　（唱"西皮流水"）

他们到底是姓蒋还是姓汪?

刁德一　（唱"西皮摇板"）

我待要旁敲侧击将她访。

阿庆嫂　（接唱）

我必须察言观色把他防。

〔阿庆嫂欲进屋。刁德一从她的身后
叫住。

刁德一　阿庆嫂！

　　　　（唱“西皮流水”）

　　　　　　　适才听得司令讲，

　　　　　　　阿庆嫂真是不寻常。

　　　　　　　我佩服你沉着机灵有胆量，

　　　　　　　竟敢在鬼子面前耍花枪。

　　　　　　　若无有抗日救国的好思想，

　　　　　　　焉能够舍己救人不慌张！

阿庆嫂　（接唱）

　　　　　　　参谋长休要谬夸奖，

　　　　　　　舍己救人不敢当。

　　　　　　　开茶馆，盼兴旺，

　　　　　　　江湖义气第一桩。

　　　　　　　司令常来又常往，

　　　　　　　我有心背靠大树好乘凉。

　　　　　　　也是司令洪福广，

　　　　　　　方能遇难又呈祥。

刁德一　（接唱）

新四军久在沙家浜，

这棵大树有阴凉，

你与他们常来往，

想必是安排照应更周详！

阿庆嫂　（接唱）

垒起七星灶，

铜壶煮三江。

摆开八仙桌，

招待十六方。

来的都是客，

全凭嘴一张。

相逢开口笑，

过后不思量。

人一走，茶就凉……

〔阿庆嫂泼去刁德一杯中残茶，刁德

——惊。

阿庆嫂　（接唱）

有什么周详不周详！

胡传魁　哈哈哈……

刁德一　嘿嘿嘿……阿庆嫂真不愧是个开茶馆的，说出话来滴水不漏。佩服！佩服！

阿庆嫂　胡司令，这是什么意思呀？

胡传魁　他就是这么个人，阴阳怪气的！阿庆嫂别多心啊！

阿庆嫂　我倒没什么！（提铜壶进屋）

胡传魁　老刁啊，人家阿庆嫂救过我的命，咱们大面儿上得晾得过去，你干什么这么东一榔头西一棒子，叫我这面子往哪儿搁！你要干什么，你？

刁德一　不是啊，司令，这位阿庆嫂眼观六路，耳听八方，胆大心细，遇事不慌。咱们要在沙家浜久住，搞曲线救国，这可是用得着的人哪。就不知道她跟咱们是不是一条心！

胡传魁　阿庆嫂？自己人！

刁德一　那要问问她新四军和新四军的伤病
　　　　员，她不会不知道。就怕她知道了
　　　　不说。

胡传魁　要问，得我去！你去，准得碰钉子！

刁德一　那是，还是司令有面子嘛！

胡传魁　哈哈哈……

　　　　〔阿庆嫂机警从容，端着一盘瓜子从
　　　　屋内走出。

阿庆嫂　胡司令，参谋长，吃点瓜子啊。

胡传魁　好……（喝茶）

阿庆嫂　……这茶吃到这会儿，刚吃出味儿来！

胡传魁　不错，吃出点味儿来了。——阿庆
　　　　嫂，我跟你打听点事。

阿庆嫂　哦，凡是我知道的……

胡传魁　我问你这新四军……

阿庆嫂　新四军？有，有！

　　　　（唱“西皮摇板”）

　　　　　　司令何须细打听，

此地驻过许多新四军。

胡传魁　驻过新四军？

阿庆嫂　驻过。

胡传魁　有伤病员吗？

阿庆嫂　有！

　　　　（接唱"西皮流水"）

　　　　　　还有一些伤病员，

　　　　　　伤势有重又有轻。

胡传魁　他们住在哪儿？

阿庆嫂　（接唱）

　　　　　　我们这个镇子里，

　　　　　　家家住过新四军。

　　　　　　就是我这小小的茶馆里，

　　　　　　也时常有人前来吃茶、灌水、

　　　　　　涮手巾。

胡传魁　（向刁德一）怎么样？

刁德一　现在呢？

阿庆嫂　现在？

（接唱）

听得一声集合令，

浩浩荡荡他们登路程！

胡传魁　伤病员也走了吗？

阿庆嫂　伤病员？

（接唱"西皮散板"）

伤病员也无踪影，

远走高飞难找寻！

刁德一　哦，都走了？！

阿庆嫂　都走了。要不日本鬼子"扫荡"了三
　　　　天，把个沙家浜像篦头发似的篦了这
　　　　么一遍，也没找出他们的人来！

刁德一　日本鬼子人地生疏，两眼一抹黑。这
　　　　么大的沙家浜，要藏起个把人来，那
　　　　还不容易吗！就拿胡司令来说吧，当
　　　　初不是被你阿庆嫂在日本鬼子的眼皮
　　　　底下，往水缸里这么一藏，不就给藏
　　　　起来了吗！

阿庆嫂　　噢，听刁参谋长这意思，新四军的伤病员是我给藏起来了。这可真是呀，听话听声，锣鼓听音。照这么看，胡司令，我当初真不该救您，倒落下话把儿了！

胡传魁　　阿庆嫂，别……

阿庆嫂　　不……

胡传魁　　别别别……

阿庆嫂　　不不不！胡司令，今天当着您的面，就请你们弟兄把我这小小的茶馆，里里外外，前前后后，都搜上一搜，省得人家疑心生暗鬼，叫我们里外不好做人哪！（把抹布摔在桌上，掸裙，双手一搭，昂头端坐，面带怒容，反击敌人）

胡传魁　　老刁，你瞧你！

刁德一　　说句笑话嘛，何必当真呢！

胡传魁　　哎，参谋长是开玩笑！

阿庆嫂　　胡司令，这种玩笑我们可担当不起
　　　　　呀！（进屋）

刁德一　　（看着隔湖芦荡，转身向胡传魁）司
　　　　　令，新四军伤病员没有走远，就在
　　　　　附近！

胡传魁　　在哪儿呢？

刁德一　　看！（指向芦苇荡里）很有可能就在
　　　　　对面的芦苇荡里！

胡传魁　　芦苇荡?（恍然大悟）不错！来人哪！

　　　　〔刘副官、刁小三上。

胡传魁　　往芦苇荡里给我搜！

刁德一　　慢着！不能搜，司令，你不是这里的
　　　　　人，还不十分了解芦苇荡的情形。这
　　　　　芦苇荡无边无沿，地势复杂，咱们要
　　　　　是进去这么瞎碰，那简直是大海里捞
　　　　　针。再者说，咱们在明处，他们在暗
　　　　　处，那可净等着挨黑枪。咱们要向皇
　　　　　军交差，可不能做这赔本的买卖！

胡传魁　那依着你怎么办呢？

刁德一　我叫他们自己走出来！

胡传魁　大白天说梦话！他们会自己走出来？

刁德一　我自有办法！来呀！

刘副官/刁小三　有！

刁德一　把老百姓给我叫到春来茶馆，我要
　　　　训话！

刘副官/刁小三　是！（下）

胡传魁　你叫老百姓干什么？

刁德一　我叫他们下阳澄湖捕鱼捉蟹！

胡传魁　捕鱼捉蟹，这里头有什么名堂？

刁德一　每只船上都派上咱们自己的人，叫他
　　　　们换上便衣。那新四军要是看见老百
　　　　姓下湖捕鱼，一定以为镇子里头没有
　　　　事，就会自动走出来。到那个时候各
　　　　船上一齐开火，岂不就……

胡传魁　老刁，你真行啊！哈哈哈……

　　　　〔内响起群众的声音，由远而近。刘

副官、刁小三上。

刁副官/刁小三　报告！老百姓都来了！

刁德一　好，我训话。

　　　　　〔内群众抗议声。

刘副官/刁小三　站好了！……嘻！站好了！

刁小三　参谋长训话！

刁德一　乡亲们！我们是"忠义救国军"，是
　　　　抗日的队伍。我们来了，知道你们现
　　　　在很困难，也拿不出什么东西来慰劳
　　　　我们，也不怪罪你们，叫你们下阳澄
　　　　湖捕鱼捉蟹，按市价收买！

　　　　　〔内群众抗议声。王福根："长官，
　　　　我们不能去，要是碰见日本鬼子的汽
　　　　艇，我们就没命了！"……

刁小三　别吵！

刁德一　大家不要怕，每只船上派三个弟兄保
　　　　护你们！

　　　　　〔内群众抗议声："那也不去！不敢

去！"……

胡传魁　他妈的！谁敢不去！不去，枪毙！

〔胡传魁、刁德一、刘副官、刁小
三下。

〔阿庆嫂急忙由屋内走出。

阿庆嫂　（唱"西皮散板"）

刁德一，贼流氓，

毒如蛇蝎狠如狼，

安下了钩丝布下网，

只恐亲人难提防。

渔船若是一举桨，

顷刻之间要起祸殃。

〔内群众抗议声。

阿庆嫂　（接唱）

乡亲们若是来抵抗，

定要流血把命伤。

恨不能生双翅飞进芦荡，

急得我浑身冒火无主张。

〔内刁小三叫喊："不去？不去我就
要开枪了！"

阿庆嫂　开枪？

（唱"西皮流水"）

　　　若是镇里枪声响，

　　　枪声报警芦苇荡，

　　　亲人们定知镇上有情况，

　　　芦苇深处把身藏。（欠身瞭望，

　　　看到断砖、草帽，灵机一动）

　　　要沉着，莫慌张，

　　　风声鹤唳，引诱敌人来打枪！

〔阿庆嫂拿起墙根的断砖，上覆草
帽，扔进水中，急忙躲进屋里。

〔刁小三跑上。

刁小三　有人跳水！

〔胡传魁、刘副官急上。

〔刘副官、胡传魁开枪。刁德一闻声
急上。

刁德一　不许开枪……唉！不许开枪！

〔阿庆嫂走到门旁观察。

胡传魁　为什么呀？

刁德一　司令！新四军听见枪声，他们能够出来么？

胡传魁　你怎么不早说哪！刁小三！

刁小三　有！

胡传魁　把带头闹事的给我抓起几个来！

刁德一　刘副官！

刘副官　有！

刁德一　所有的船只都给我扣了，我都把他们困死！

〔胡传魁、刁德一下。刘副官、刁小三随下。

〔阿庆嫂走到门外，思考，考虑下一步的战斗。亮相。

——幕闭

第五场　坚持

〔紧接前场，芦苇荡里。天色阴暗，大雨将至。

〔幕启：郭建光和战士们在注视着沙家浜镇的情况。一战士上。

一战士　报告，枪响以后没有什么情况。

郭建光　还要监视沙家浜的方向。

一战士　是。（下）

郭建光　同志们，先去把芦棚修理好，叫重伤员住进去。告诉叶排长，我到前边去看看。

众战士　是！

〔郭建光下。

林大根　同志们，沙家浜打枪，到底是怎么回事？

一战士　枪一响，准是有敌人，不是鬼子就是汉奸。

小　　虎　　那沙家浜的乡亲们又要吃苦了！

张松涛　　沙家浜要是还有敌人，咱们暂时就出
　　　　　　不去，可是现在干粮、药品都没有
　　　　　　了，这可是大问题呀！

　　　　　　〔郭建光上，观察战士的情绪。

小　　虎　　咱们干吗上这儿来呀？那会儿还不如
　　　　　　留在沙家浜跟敌人拼一下子哪！

众战士　　对！

班　　长　　你们这些想法，都是蛮干。要拼，也
　　　　　　得等待命令！指导员不是叫咱们修芦
　　　　　　棚吗？走，先修芦棚去。

众战士　　走！修芦棚去！（下）

　　　　　　〔郭建光目送战士下，转身，思索。

郭建光　　（唱“二黄导板”）

　　　　　　　听对岸响数枪声震芦荡……

　　　　　　（转“回龙”）

　　　　　　　这几天，多情况，勤瞭望，费猜
　　　　　　详，不由我心潮起落似长江。

（转“慢三眼”）

　　远望着沙家浜云遮雾障，

　　湖面上怎不见帆过船航？

　　为什么阿庆嫂她不来探望？

　　这征候看起来大有文章。

　　日、蒋、汪暗勾结早有来往，

　　村镇上乡亲们要遭祸殃。

（转“快三眼”）

　　战士们要杀敌人，冒险出荡，

　　你一言，我一语，慷慨激昂。

　　这样的心情不难体谅，

　　阶级仇民族恨燃烧在胸膛。

　　要防止焦躁的情绪蔓延滋长，

　　要鼓励战士，察全局，观敌情，

　　坚守待命，紧握手中枪。

（转“原板”）

　　毛主席党中央指引方向，

　　鼓舞着我们奋战在水乡。

要沉着冷静，坚持在芦荡，

（转"垛板"）

主动灵活，以弱胜强。

河湖港汊好战场，

大江南自有天然粮仓。

漫道是密雾浓云锁芦荡，

遮不住红太阳（叫散）万丈光芒。

〔小虎内喊："指导员！"急上。

小　虎　小王同志昏过去了！

〔班长背小王上，叶思中、小凌、众
战士们同上。

众战士　小王！小王……

郭建光　小凌，快！看看他的伤口是不是恶
化了！

小　凌　指导员，刚才看过了，伤口有点恶
化，不要紧。他主要是打摆子，发高
烧，再加上饿的。

郭建光　给他吃过药了吗?

小　凌　奎宁没有了！

郭建光　重伤员怎么样？

小　凌　伤口都有点恶化，药也快没有了！

叶思中　指导员，药品和干粮可是个大问题！

郭建光　是啊，我们一定要想办法。

众战士　小王，小王！你好点了吗？

小　王　同志们，你们看，我这不是很好嘛！

　　　　（踉跄地走了几步）

班　长　小王，你是饿了。我这有块年糕，你
　　　　吃了吧。

小　王　不！

众战士　小王，你就吃了吧！

小　王　（激动地）同志们，指导员把干粮都
　　　　省给重伤员吃了，指导员，你吃了吧。

郭建光　小王！（用手一挡，带着深厚的阶级
　　　　友爱劝小王吃下年糕）同志们，药品
　　　　和干粮都是个大问题呀，我相信地方
　　　　党会千方百计地想办法，群众也会来

支援我们。看来目前党和群众都有困难，不能马上来帮助我们，那我们怎么办？难道说我们这支有老红军传统的部队，就被这小小的困难吓倒了吗？

众战士　不！

班　长　我们的红军爬雪山，过草地，那样的困难都战胜了。我们也一定能坚持下去！

众战士　对！

郭建光　对！

　　　　〔汽艇声。一战士上。

一战士　报告！湖面上发现汽艇！

郭建光　哦！继续监视！

　　　　〔一战士下。

郭建光　叶排长，带两个同志到前边警戒！

叶思中　是！跟我来！

　　　　〔叶思中、张松涛、一战士下。

郭建光　你们两个人照顾重伤员！

班长/小凌　是！（下）

郭建光　同志们！

众战士　有！

郭建光　做好战斗准备！

众战士　是！

　　　　〔众注视着汽艇声音方向，汽艇声渐渐转弱。

　　　　〔叶思中、张松涛、一战士上。

叶思中　指导员，汽艇往沙家浜开去了。

郭建光　根据情况判断，鬼子是撤退了，刚才响了一阵枪，现在又发现汽艇……

叶思中　汽艇，只有日本鬼子才有啊。

郭建光　我看先派两个人过湖去侦察一下。

叶思中　对！

众战士　我去！我去！

郭建光　林大根、张松涛！你们两个人划船过去，找沙四龙或者阿福，不要去找阿庆嫂。她的处境一定有困难。了解敌情以后，顺便弄些草药。你们要小心谨慎地进去，悄悄地回来！

（唱"西皮二六"）

你二人改装划船到对岸，

镇西树下把船拴。

寻来草药医病患，

弄清敌情就回还。

同志们满怀信心将你们盼，

盼望着胜利归来的侦察员。

（转"流水"）

掌握敌情作判断，

我们就有主动权，

进退出没都灵便，

好与敌人巧周旋。

伤愈归队再请战，

回兵东进把敌歼，

战鼓惊天红旗展，

一举收复大江南。

林大根/张松涛　坚决完成任务！

郭建光　准备去吧！

林大根/张松涛　是！

〔林大根、张松涛下。

〔班长内喊："指导员！"持芦根、
　鸡头米跑上。小凌、一战士随上。

班　长　指导员你看，这芦根、鸡头米不是可
　　　　以吃吗？

郭建光　是可以吃呀！同志们，只要我们大家
　　　　动脑筋想办法，天大的困难也能够克
　　　　服！毛主席教导我们：往往有这种情
　　　　形，有利的情况和主动的恢复，产生
　　　　于"再坚持一下"的努力之中。同
　　　　志们！

　　　　（唱"西皮散板"）

　　　　　　困难吓不倒英雄汉，

　　　　　　红军的传统代代传。

　　　　　　毛主席的教导记心上，

坚持斗争，胜利在明天。

同志们！（纵身跃上土台）这芦苇荡就是前方，就是战场，我们要等候上级的命令，坚持到胜利！

众战士　对！我们要等待命令，不怕困难，坚持到胜利！

〔风雨骤起。

小　虎　大风雨来了！

郭建光　（英雄豪迈地鼓舞斗志，慷慨激昂地唱"唢呐西皮导板"）

要学那泰山顶上一青松！

〔电闪雷鸣。郭建光跳下土台，和战士共同与暴风雨搏斗。

众战士　（边舞边齐唱）

要学那泰山顶上一青松，

挺然屹立傲苍穹。

八千里风暴吹不倒，

九千个雷霆也难轰。

烈日喷炎晒不死，

严寒冰雪郁郁葱葱。

那青松逢灾受难，经磨历劫，

伤痕累累，瘢迹重重，

更显得枝如铁，干如铜，蓬勃

旺盛，倔强峥嵘。

崇高品德人称颂，

俺十八个伤病员，要成为十八

棵青松！

〔战士们顶风抗雨，巍然屹立，构成

一组集体的英雄塑像。

——幕闭

第六场　授计

〔前场次日。春来茶馆。

〔暴雨才过，阴云郁结。

〔幕启：茶馆门外空无一人，屋里时时传来打麻将洗牌的声音。

〔阿庆嫂由屋内走出。

〔一青年上。

青　年　阿庆嫂，你找我？

阿庆嫂　赵镇长和四龙他们回来了吗？

青　年　没看见哪！

阿庆嫂　四龙要是回来，叫他来一趟。

青　年　哎。（下）

〔刘副官上。

阿庆嫂　刘副官。

刘副官　阿庆嫂，刁参谋长在里头吗？

阿庆嫂　在里头看打牌哪。

刘副官　哦。

〔刘副官径自往屋里走，阿庆嫂略一思索，机警地随下。

〔刘副官、刁德一从屋内走出。

刁德一　什么事？

刘副官　邹翻译官找您。

刁德一　哦！

刘副官　皇军来电话问新四军伤病员的事。

刁德一　真逼命！咱们抓来的那些老百姓，都是一问三不知，新四军伤病员，太难找了！

刘副官　我看那个王福根……

刁德一　王福根？

刘副官　那天带头闹事的就是他！

刁德一　对！就在他身上打主意。

刘副官　您快去吧！邹翻译官马上要走，汽艇都准备好了。

刁德一　哎，你在这一带盯着，我一会儿就回来。

刘副官　参谋长，我还是躲着点好。这两天司令老是爱跟我发脾气，今儿手气又不好，回头再跟我来一通……

刁德一　你当司令发脾气是冲你吗？！我心里有数，有我哪！

刘副官　（谄媚地）哎，我听参谋长的！

刁德一　到里头伺候着去！

刘副官　是！

　　　　〔刁德一下，刘副官进屋。

　　　　〔阿庆嫂从屋内走出，看天望水，心情沉重。

阿庆嫂　刁德一出出进进的，胡传魁在里头打牌。我出不去，走不开。老赵和四龙给同志们送炒面，到现在还没回来。同志们在芦荡里已经是第五天了。有什么办法，能救亲人脱险哪！

　　　　（深沉地思考，唱"二黄慢三眼"）

　　　　　　风声紧雨意浓天低云暗，

　　　　　　不由人一阵阵坐立不安。

　　　　　　亲人们粮缺药尽消息又断，

　　　　　　芦荡内怎禁得浪激水淹！

　　　　（转"快三眼"）

　　　　　　他们是革命的宝贵财产，

十八个人和我们骨肉相连。

联络员身负着千斤重担，

程书记临行时托付再三。

我岂能遇危难一筹莫展，

辜负了党对我培育多年。

昨夜里赵镇长与四龙去送炒面，

为什么到如今不见回还？

我本当去把亲人来见，

怎奈是，难脱身，有鹰犬，那

刁德一他派了岗哨又扣船。

怎么办，怎么办，怎么办？

事到此间好为难……

〔耳旁仿佛响起《东方红》乐曲，信
心倍增。

阿庆嫂　　（接唱）

毛主席！

有您的教导，有群众的智慧，

我定能战胜顽敌渡难关。

〔沙奶奶、沙四龙上。

沙四龙/沙奶奶　阿庆嫂。

阿庆嫂　（一惊）四龙，你们回来了！炒面送
　　　　到了吗？

沙四龙　没有。昨儿晚上我和镇长刚划船出去，
　　　　就被敌人发现了，我们俩就跳水跑了，
　　　　船也被他们给扣了。

阿庆嫂　镇长呢？

沙四龙　镇长一下水，就发了摆子，再加上感
　　　　冒，正在发高烧，起不来床，他叫我
　　　　先来向你报告一下。

沙奶奶　阿庆嫂，你看该怎么办？

阿庆嫂　还是得想办法弄条船，给同志们送点
　　　　干粮去！

沙四龙　要不今儿晚上，我去搞它一条……

阿庆嫂　（听见脚步声，急忙制止沙四龙的
　　　　话。从脚步声中判定来的是刘副官）
　　　　刘副官来了，叫四龙装病，跟他借条

船，就说送四龙到城里看病。

〔沙四龙伏桌上装病。刘副官从屋内走出。

阿庆嫂　刘副官。

刘副官　阿庆嫂。（看见沙四龙）喂，这是谁呀？

阿庆嫂　沙奶奶的儿子。

刘副官　在这儿干什么哪？

阿庆嫂　病了。

沙奶奶　刘副官，这孩子病了，想跟您借条船，带孩子到城里看看病去。

刘副官　借船？那哪儿行啊！

沙奶奶　阿庆嫂，您给求个人情吧！

阿庆嫂　是啊，刘副官，您瞧这孩子病成这样，咱们这儿又没有大夫，您就行个方便吧！

刘副官　阿庆嫂，不是我驳您的面子，我可做不了这个主。船，有的是，就在那

	边，一条也不能动，这是刁参谋长的命令。阿庆嫂，您可少管这路闲事，免得招惹是非。
阿庆嫂	唉，这孩子病得怪可怜的！
	〔内串铃声。一伪军喊："站住！干什么的？"
	〔内程谦明答："我是看病的大夫！"
	〔阿庆嫂、沙奶奶喜出望外，然而不形于色。
沙奶奶	哦！大夫来了！
阿庆嫂	这就好了！该着这孩子的病好。（向内）可别叫大夫走哇。（向刘副官）刘副官，就让那位大夫给孩子看看吧！
刘副官	不行！
沙奶奶	刘副官，既然您不肯借船，就请大夫给孩子看看病吧。
刘副官	不行！
阿庆嫂	是啊，刘副官，既然那位大夫来了，

　　　　　　　还真的让他走吗？就给孩子看看吧！

刘副官　　阿庆嫂，您是知道的，我在刁参谋长
　　　　　面前不好交代。参谋长说了，这个地
　　　　　方不准闲人来！

阿庆嫂　　嗨！这有什么大不了的事。别说参谋
　　　　　长啦，就是胡司令，这点面子也是肯
　　　　　给的！

刘副官　　那好哇，司令在里头哪，您去跟他说
　　　　　说去。

阿庆嫂　　这么点小事，就别去惊动他了。

刘副官　　可是我做不了这个主啊！

　　　　　〔胡传魁从屋内走出。

胡传魁　　什么事啊？

刘副官　　司令！来了个大夫。阿庆嫂说，要让
　　　　　那位大夫给这孩子看看病。

胡传魁　　看病？

阿庆嫂　　噢，是这么回事：这孩子有病，正赶
　　　　　上那位大夫打这儿路过，我就多了一

句嘴，说让那位大夫给孩子看看。刘副官说，胡司令这点面子是肯给的，就怕刁参谋长知道了，要让司令为难。他这么一说，吓得我也不敢求您了！

胡传魁　（向刘副官）刁参谋长放个屁也是香的？拿着鸡毛当令箭！

阿庆嫂　其实呀，也没刘副官什么事。刘副官还说，司令心眼好，为人厚道。我是怕真要是刁参谋长较起真儿来，我觉得怪对不住司令的。那么，就叫那位大夫……

胡传魁　看！

刘副官　是！（向内）嗨！请大夫过来！

阿庆嫂　我替孩子谢谢司令了！

沙奶奶　谢谢司令。

　　　　〔程谦明上。

阿庆嫂/沙奶奶　大夫！

程谦明　你们好啊？

阿庆嫂/沙奶奶　好。

沙奶奶　大夫，请过来诊脉吧！

程谦明　好好好。

　　　　〔程谦明与胡传魁相遇，胡传魁打量
　　　　程谦明。程谦明态度十分安详。

阿庆嫂　（有意分散胡传魁的注意力）胡司
　　　　令，这会儿手气怎么样啊？

胡传魁　背透了，四圈没开和，出来蹓蹓。

阿庆嫂　您这一溜达，手气就来了，待会儿坐
　　　　下，我管保您连和三把满贯！

胡传魁　好，借你的吉言，和了满贯我请客！

阿庆嫂　那您这客算请定了，快进去吧，都等
　　　　着您扳庄哪！

胡传魁　哦，哈哈哈……（进屋）

刘副官　（向程谦明）你是哪来的？

程谦明　（沉着地）常熟城里，三代祖传世医。

刘副官　有"良民证"吗？

程谦明　有。

刘副官　拿来看看。

〔程谦明取"良民证"交刘副官。

〔阿庆嫂取过两杯茶。

阿庆嫂　刘副官，你们这两天真够辛苦的，沿湖一带派了岗，扣了船，不许老百姓下湖捕鱼，究竟出了什么事了？

刘副官　没什么，没什么，听说芦荡里有新四军……

阿庆嫂　新四军？那怎么不派兵去搜啊？

刘副官　参谋长说了，芦苇荡那么大，上哪儿搜去！不谈这个，不谈这个。（回头向程谦明）快瞧病，快瞧病。

阿庆嫂　大夫，这孩子的病……

程谦明　病家不用开口，便知病情根源。说得对，吃我的药。说得不对，分文不取。

刘副官　嗨嗨嗨，你先别吹，今儿个我倒要看看你有多大本事！

程谦明　这个病是中焦阻塞，呼吸不畅啊。

刘副官　等等。（向沙奶奶）他说得对吗？

沙奶奶　是啊，刚才还说胸口堵得慌哪！

刘副官　哦，他还有两下子！

程谦明　看看舌苔。（看沙四龙舌苔）胃有虚
　　　　火，饮食不周。

沙奶奶　缺食啊！

程谦明　肝郁不舒，就容易急躁。

沙奶奶　是啊，着急着哪！

刘副官　嗨！头疼脑热的，着什么急呀！

程谦明　不要紧，我开个方子，吃上一剂药，
　　　　就会好的！

　　　　〔刘副官注视程谦明，阿庆嫂、沙奶
　　　　奶很着急。阿庆嫂想了想，走进屋内。

程谦明　（唱"西皮二六"）

　　　　　　病情不重休惦念，

　　　　　　心静自然少忧烦。

　　　　　　家中有人勤照看……

〔阿庆嫂从屋内走出。

阿庆嫂　刘副官，看什么哪？

刘副官　我对医道很有兴趣。（向程谦明）快开方！

程谦明　好了！

　　　　（接唱）

　　　　　　草药一剂保平安。

刘副官　拿来！（取过药方）

程谦明　见笑，见笑。

　　　　〔一伪军由屋内走出。

伪　军　刘副官，司令叫。（下）

刘副官　哎。（把药方放回桌上）阿庆嫂，替我盯着点，我这就来。

阿庆嫂　哎。

　　　　〔刘副官进屋。阿庆嫂急命沙四龙、沙奶奶注意敌人的动静。程谦明与阿庆嫂小声交谈。

阿庆嫂　有不少乡亲被捕。

程谦明　哦！据我们得到的情报，胡传魁已经是死心塌地地投靠日寇了。

阿庆嫂　那该怎么办？

程谦明　一定要拔掉这个钉子！我们的主力部队马上要过来了。

阿庆嫂　好。

程谦明　你了解一下敌人的兵力部署情况，过两天我派人来取情报。

阿庆嫂　伤病员同志们怎么办？

程谦明　立刻转移红石村！

阿庆嫂　是！

〔沙四龙咳嗽。刘副官从屋内走出。

刘副官　阿庆嫂，司令赢钱了，说你让他请客，叫我买东西去。

阿庆嫂　那好哇。

刘副官　（向程谦明）哎，你怎么还没有走啊？

程谦明　（收拾药箱）这就走。药要早吃，可不能过了今天晚上。

刘副官　快走，快走。

程谦明　这就走，这就走。

沙奶奶　大夫，天阴下雨，小心路滑！

阿庆嫂　是啊，坑坑洼洼的，要多加小心！

程谦明　不怕，你们照顾病人要紧哪！

刘副官　快走！

　　　　〔程谦明下。刘副官随下。

阿庆嫂　县委指示，要同志们转移红石村，现在还得想办法弄条船哪。

沙四龙　我倒有个主意。

沙奶奶　你有什么主意？

沙四龙　我溜下水去，砍断缆绳，推出一条船，不撑篙不使桨，船上没人，动静不大。只要推出半里路，大湖之中，烟雾弥漫，就更看不清了。到现在只能这么办了。

沙奶奶　阿庆嫂，他有一身好水性，让他去吧。

阿庆嫂　事到如今，也只好按他的办法去做

了。四龙，你顺着那条小道找个僻静地方下水，可千万要小心哪！

沙四龙　阿庆嫂！

（唱"西皮快板"）

四龙自幼识水性，

敢在滔天浪里行。

飞越湖水把亲人接应——

妈！阿庆嫂！

你们放宽心！

〔沙四龙、沙奶奶下。阿福上。

阿　福　阿庆嫂！

阿庆嫂　（一惊，回身）阿福，有事吗？

阿　福　昨儿晚上指导员派林大根、张松涛到我家里来过。

阿庆嫂　他们干什么来了？

阿　福　了解了胡传魁的情况，弄了点草药就走了。

阿庆嫂　你没给他们弄点干粮？

阿　福　弄了，他们都带走了。

阿庆嫂　好，你先回去吧！

阿　福　哎。（下）

　　　　〔阿庆嫂瞭望湖面。

阿庆嫂　（唱"西皮散板"）

　　　　　　看小船破雾穿云渐无踪影，

　　　　　　同志们定能转移红石村。

　　　　〔阿庆嫂进屋，刘副官上。

刘副官　阿庆嫂，东西买来了。（追进屋）

　　　　〔刁德一、刁小三上。刘副官又从屋
　　　　里走出。

刘副官　参谋长，邹翻译官哪？

刁德一　走了。刘副官，司令要结婚了。

刘副官　结婚？女家是谁呀？

刁德一　邹翻译官的妹妹。

刘副官　不用说，是参谋长的大媒喽。

刁德一　嗨，派你一桩美差，到常熟城里办点
　　　　嫁妆。

刘副官　（万分感激）是！多谢参谋长！

〔刁德一若有所思，走向湖边高坡，
用望远镜望湖面。

刁德一　（急叫）嗖！这水面上仿佛是有条船！

刘副官　（大惊）船？刮了一天大风，恐怕是
把缆绳刮断了，空船漂出来了。

刁德一　不对！空船断缆是顺风顺水而来，怎
么会逆风逆水而去哪？船底下一定是
有人！

刘副官　有人？

刁德一　来！给我追这条船！

刘副官　是！

——幕闭

第七场　斥敌

〔前场后不久。刁德一家的厅堂。

〔幕启：内刘副官、刁小三行刑声：

"快说，快说，说！"

〔胡传魁烦躁地喝着酒，刁德一敞领挽袖，神色凶狠而狼狈，手提皮鞭，踉跄而上。

刁德一　（念）新四军平安转移出芦荡，

胡传魁　（念）这皇军督催逼命可怎么搪！

〔内行刑拷问声。

刁德一　（念）抓来了一些穷百姓，拷问他们谁是共产党，

胡传魁　（念）问了半天，也没问出个名堂！有一个招口供的没有？

〔内刘副官、刁小三答："没有。"

胡传魁　我说老刁啊，咱们不会枪毙他几个？

刁德一　我正琢磨着拿谁开刀呢。来呀，把王福根给我带上来！

〔内刘副官、刁小三答："是！"

〔刘副官、刁小三架王福根上。

胡传魁　说！新四军的伤病员哪儿去了？

刁德一　　只要你说出来这镇上谁是共产党，马
　　　　　上就放了你。

　　　　　〔王福根怒指胡传魁、刁德一。二人
　　　　　惊恐后退。

王福根　　你们这些骑在人民头上的汉奸！走狗！

胡传魁　　来呀！当着那些个穷百姓把他枪毙了！

王福根　　汉奸！走狗！打倒日本帝国主义！打
　　　　　倒汉奸、走狗！……

　　　　　〔王福根被押下。

　　　　　〔内王福根高呼口号："中国共产党
　　　　　万岁！""毛主席万岁！"

　　　　　〔排枪声。

　　　　　〔内刘副官、刁小三嚎叫："你们瞧
　　　　　见没有？不说就像他这个样子——枪
　　　　　毙你们！快说！说！"

刁德一　　刁小三，把那个新四军的家属刘老头
　　　　　儿枪毙！

　　　　　〔内刁小三嚎叫："刘老头儿出来！"

〔内高呼："打倒汉奸卖国贼！"群

众愤怒高呼口号。

〔排枪声。

胡传魁　来人哪！

〔刁小三上。

胡传魁　把那沙老太婆拉出去一块枪毙！

刁德一　慢着！把她给关起来！

刁小三　是！（下）

刁德一　司令！就是这沙老太婆不能毙！皇军

点着名要她的口供，不要她的老命。

留着她为的是追问出在幕后活动的共

产党！

胡传魁　共产党！只怕是共产党坐在咱们对

面，咱们也认不出来！

刁德一　司令，有一个人很值得怀疑。

胡传魁　谁？

刁德一　那天，刘副官冒冒失失地打了阵枪，

在哪儿？扣下的船丢了一只，又在哪

儿？都离春来茶馆不远！

胡传魁　你是说……

刁德一　阿庆嫂！

胡传魁　……

刁德一　太可疑了！

胡传魁　怎么？抓起她来？

刁德一　哪里哪里！司令的恩人哪能抓呀！司令不是派人请她去了吗？

胡传魁　我是请她帮着我办喜事的。

刁德一　等她来了，咱们问问她。

胡传魁　问问？怎么问？——"你是共产党吗？"

刁德一　哪能这么问！（耳语）怎么样？

胡传魁　好，依着你！来人！

　　　　〔一伪军上。

胡传魁　阿庆嫂来了，马上报告！

一伪军　是！（下）

　　　　〔胡传魁、刁德一下。

〔一伪军内报："阿庆嫂到！"

〔阿庆嫂上，观察周围环境。

阿庆嫂　（唱"西皮散板"）

　　　　　新四军反"扫荡"回兵东进，

　　　　　沙家浜即将要重见光明。

　　　　　胡传魁投敌寇把乡亲们蹂躏，

　　　　（转"流水"）

　　　　　这一笔血债要记清。

　　　　　奉指示探敌情十有九稳，

　　　　　唯有这司令部尚未查清，

　　　　　借题目入虎穴观察动静……

〔胡传魁、刁德一更衣整容上。

胡传魁　阿庆嫂！

阿庆嫂　胡司令！参谋长！

　　　　（接唱"散板"）

　　　　　恭喜司令要成亲！

胡传魁　你全知道了？

刁德一　真是消息灵通！

阿庆嫂　满镇上都知道了，刘副官通知各家各户"自愿"送礼了。

刁德一　好，坐，泡茶！

　　　　〔一伪军送茶上，即下。

阿庆嫂　胡司令！听说新娘子长得很漂亮啊？

胡传魁　哦！你也听说过？

阿庆嫂　听说过！常熟城里有名的美人嘛。人品出众，才貌超群，真是百里挑一呀！

胡传魁　哈哈哈……阿庆嫂你可真会说话。我今天找你就为请你帮助我办喜事的，到了那天你可得多帮忙啊！

阿庆嫂　没什么，理当的。到了日子我一早就来，什么烧个茶递个水的，我都行啊……

胡传魁　不！不！那些个粗活儿，哪能叫你干哪。你就等花轿一进门，给我张罗张罗，免得出错。

阿庆嫂　行啊，行啊，花轿一进门，您就把新
　　　　娘子交给我啦，我让她该应酬的都应
　　　　酬到了，亲戚朋友决挑不了眼去，胡
　　　　司令您尽管放心。

胡传魁　那好极了，他们家的老亲多，还爱挑
　　　　个眼，有你当提调，那我就放心了。

阿庆嫂　新房在哪儿啊？

胡传魁　就在后院。明天东西置办齐了，我一
　　　　定派人去请你。

阿庆嫂　好，我一定来！

胡传魁　早点来！

刁德一　（以烟筒击案，厉声而问）那个沙老
　　　　太婆招了没有？

　　　　〔内刘副官、刁小三答："没招！"

刁德一　把她带上来！

阿庆嫂　胡司令，您这儿有事，我在这儿不方
　　　　便，我走啦。

　　　　〔阿庆嫂转身欲下，刁德一拦住。

刁德一　阿庆嫂，我们办我们的事，你坐你的！

胡传魁　既然是参谋长留你，那你再坐坐！

阿庆嫂　好吧，（向胡传魁）那我就再坐坐。

　　　　〔阿庆嫂略一思索，胸有成竹，沉着
　　　　地走向桌边，端然稳坐。

刁德一　把她带上来！

沙奶奶　（内唱"西皮导板"）

　　　　　　且喜亲人已脱险……

　　　　〔沙奶奶上。

　　　　〔阿庆嫂、刁德一、胡传魁以不同的
　　　　心情，不同的表情看着沙奶奶。

　　　　〔刘副官、刁小三上。

沙奶奶　（唱"西皮散板"）

　　　　　　粉身碎骨也心甘。

　　　　　　挺身来把仇人见——（见阿庆嫂
　　　　坐在一边，心中一惊）

　　　　　　阿庆嫂为何在堂前？（略一思
　　　　索，有所解悟）

只怕是敌人他来试探，

我必须保护她，把天大的事儿

一身担！

胡传魁　沙老太婆，你到底招是不招？

沙奶奶　你要我招什么？

胡传魁　芦苇荡里的新四军是不是你儿子送

走的？

沙奶奶　不知道！

胡传魁　那么你儿子哪儿去了？

沙奶奶　不知道！

胡传魁　你跟你儿子干的这些事，谁的主谋？

谁的指使？

沙奶奶　我不知道！

胡传魁　他妈的，一问三不知，今天叫你尝尝

我的厉害！

〔胡传魁举鞭欲打沙奶奶。刁德一

制止。

刁德一　司令，何必着急哪！坐，坐。嘿嘿

嘿……沙老太，你受委屈了。好，坐坐坐，听我跟你说！

（唱"西皮摇板"）

　　　　沙老太休得要想不开，

　　　　听我把话说明白：

　　　　你不出乡里年纪迈，

　　　　岂能够出谋划策巧安排？

　　　　定是有人来指派，

　　　　她在幕后你登台。

　　　　到如今你受苦受刑难忍耐，

　　　　她袖手旁观稳坐在钓鱼台。

　　　　只要你说出她的名和姓，

　　　　刁德一我保你从此不缺米和柴！

　　　　怎么样，想明白了没有？

〔沙奶奶昂首不理。

刁德一　阿庆嫂，你劝她几句！

阿庆嫂　我？

刁德一　啊，你跟她是街坊，劝她几句嘛！

（向胡传魁）啊？

胡传魁　对，阿庆嫂，你过去劝她几句。

阿庆嫂　好吧。既是刁参谋长这么看得起我，那我就试试看。不过这老太太的脾气，我是知道的，恐怕也是要碰钉子的。（垂手走过去，边走边想主意。走到沙奶奶身边，双手往胸前一搭）沙奶奶，参谋长说，你儿子给新四军送船，是真的吗？

〔沙奶奶怒视三人。

阿庆嫂　沙奶奶，你就这么一个儿子，真舍得让他走吗？

沙奶奶　孩子大了，要走哪条路，由他自己挑！

胡传魁　你说，新四军对你有什么好啊？

沙奶奶　好！我说！我说！

（痛斥敌人，唱"二黄原板"）

"八一三"，日寇在上海打了仗，

江南国土遭沦亡，

尸骨成堆鲜血淌，

满目焦土遍地火光。

新四军共产党来把敌抗，

历尽艰辛，东进江南，深入敌

后，解放集镇与村庄。

红旗举处歌声朗，

百姓们才见天日光。

你们号称"忠义救国军"，

为什么见日寇不发一枪？

我问你救的是哪一国？

为什么不救中国助东洋？

为什么专门袭击共产党？

你忠在哪里？义在何方？

你们是汉奸走狗卖国贼，

少廉无耻，丧尽天良！

胡传魁　住口！

刘副官/刁小三　胡说！

沙奶奶　（接唱）

你有理，敢当着百姓们讲，

纵然把我千刀万剐也无妨！

沙家浜总有一天会解放，

且看你们这些走狗汉奸（叫散）

好下场！

胡传魁　拉出去，枪毙！

刘副官/刁小三　走！

　　　　〔刁德一急忙暗示刁小三：不能执
　　　　行。刁小三领会。

　　　　〔沙奶奶昂首走下。刘副官、刁小三
　　　　随下。

阿庆嫂　胡司令！

刁德一　慢动手！阿庆嫂有话说！

阿庆嫂　（款款地站起身来，若无其事地）……
　　　　我该走啦。

　　　　〔刁德一、胡传魁垂头丧气。

阿庆嫂　您这是公事，我们可不敢随便插嘴呀！

胡传魁　不，不，今天要听听你的主意！

刁德一　是啊，司令要枪毙沙老太太，你跟她是街坊，能够见死不救吗？

阿庆嫂　沙奶奶会有人救的。

胡传魁　谁啊？

阿庆嫂　她儿子四龙给新四军送船，他就不救他的妈妈吗？再说新四军也一定会救沙奶奶的！

胡传魁　我马上枪毙了她，看他们救谁！

阿庆嫂　是啊，您要是枪毙了她，谁也就不来了。没人来救沙奶奶，您可谁也就逮不着了！

胡传魁　哦！你说是要放长线钓大鱼，叫他们上钩？

刁德一　照你这么说，还是不毙沙奶奶的好哇？

阿庆嫂　枪把子在您手里，主意您自己拿，我不过是替司令着想啊！

胡传魁　对对对！

刁德一　好啊，阿庆嫂真是自己人。这么办，

　　　　　　我们打算马上放了沙老太太，请你把
　　　　　　她送回去，你看好不好？

阿庆嫂　参谋长这么信得过我，我一定照办。

刁德一　那好，来啊！把沙老太婆放了！

　　　　　〔内刘副官："是。走！"

　　　　　〔沙奶奶上。刘副官随上。

沙奶奶　要杀就杀，不用捣鬼！

胡传魁　老太婆，放你回去，别不识抬举！

刁德一　沙老太，没有你的事了。阿庆嫂，送
　　　　　她回去吧。

阿庆嫂　沙奶奶，走吧！

　　　　　〔沙奶奶下。阿庆嫂随下。

刁德一　（向刘副官）盯着她们，看她们说些
　　　　　什么！

刘副官　是！（下）

胡传魁　老刁，你这里头变的是什么戏法呀？

刁德一　只要她们一热火，就证明是一起的，
　　　　　马上抓回来，一块审问！

〔内刘副官喊："报告！"急上。

刘副官　报告！参谋长，打起来了！

刁德一　谁跟谁打起来了？

刘副官　沙老太婆跟阿庆嫂打起来了。

胡传魁　把沙老太婆给我抓回关起来！

刘副官　是！（下）

〔阿庆嫂上，头发略微散乱，一只鞋
　子被踏落。

阿庆嫂　哎呀！哎呀！好厉害的老太婆呀！
　　　　出了门就跟我打起来啦。嘴里"汉
　　　　奸""走狗"一个劲地骂。喏，衣裳
　　　　也撕破了，（坐）牙也打出血来了！
　　　　看哪！（提上被踏落的鞋子）

胡传魁　老刁，别自作聪明了，这你明白了
　　　　吧？阿庆嫂，打得不要紧吧？那么你
　　　　帮我办喜事……

阿庆嫂　喜事尽管办！哼，瞎了眼的，她倒想
　　　　算计我，那老太婆哪是我的对手，早

就被我打得落花流水了！

刁德一　阿庆嫂，你多心了吧？

阿庆嫂　哼！我要是多心哪，就不在多心人面前管闲事了！

〔阿庆嫂以手绢掸鞋，昂首而坐。胡传魁瞪着刁德一，刁德一垂头丧气。

——幕闭

第八场　奔袭

〔前场三日后，黎明之前。野外。

〔幕启：沙四龙、叶思中上，侦察，下。

郭建光　（内唱"西皮导板"）

月照征途风送爽……

〔郭建光上，抚枪亮相，英气勃勃，目光四射，巡视周围，转身招手，侧身亮相。突击排战士随上。

郭建光　（唱"西皮原板"）

穿过了山和水、沉睡的村庄。

支队撒下包围网，

要消灭日寇、汉奸匪帮。

组成了突击排兼程前往，

（转"快板"）

飞兵奇袭沙家浜。

将尖刀直插进敌人心脏，

打他一个冷不防。

管叫他全线溃乱迷方向，

好一似汤浇蚁穴，（叫散）火

燎蜂房！

〔沙四龙、叶思中上。

叶思中　敌人的巡逻队！

小　虎　干掉他！

郭建光　（制止小虎，下令）隐蔽！

〔众隐蔽。

〔伪军巡逻队走过。

〔沙四龙、叶思中立起，巡视后，

招手。郭建光等从土坡后"虎跳"
跃出。

郭建光　叶排长，沙四龙！

沙四龙/叶思中　有！

郭建光　你们看！（"跨腿"，"踢腿"，侧
身亮相）前面就是沙家浜，命你二人
继续侦察！

沙四龙/叶思中　是！（下）

郭建光　前进！

〔突击排战士整装。

郭建光　（唱"西皮快板"）

说什么封锁线安哨布岗，

我看他只不过纸壁蒿墙。

眼见得沙家浜遥遥（叫散）在望，

此一去捣敌巢擒贼擒王！

〔郭建光走"扫堂腿""旋子"，与
众战士组成前进塑像。

——幕闭

第九场 突破

〔紧接前场，刁德一家后院墙外。

〔幕启：一伪军在站岗。

伪　军 司令结婚，请来皇军，叫我们加岗。唉！倒了霉了！

〔叶思中等上，将伪军擒获，拉下。

〔郭建光、阿庆嫂同上，后随突击排战士、民兵。

阿庆嫂 指导员，翻过了这道墙，就是刁德一的后院！

（唱"西皮快板"）

　　　　敌兵部署无更变，

　　　　送去的情报图一目了然。

　　　　主力都在东西面，

　　　　前门只有一个班。

　　　　民兵割断电话线，

　　　　两翼不能来支援。

院里正在摆喜宴，

他们猜拳行令闹翻天。

你们越墙直插到当院，

定能够将群丑（叫散）一鼓

聚歼！

郭建光　沙四龙！

（唱"西皮散板"）

你带领火力组绕到前院，

消灭敌人的警卫班！

〔沙四龙带二战士下。

郭建光　（接唱，向阿庆嫂）

你迎接主力部队到镇边……

〔阿庆嫂带民兵下。

〔郭建光上墙，瞭望，回身招手，

翻下。

〔众战士越墙。

——幕闭

第十场　聚歼

〔紧接前场。

〔刁德一家院内。

〔幕启：黑田、胡传魁、刁德一上。

二日寇士兵随上。邹寅生迎面上。

邹寅生　汽艇准备好了。

黑　田　电话不通，情况不好，小心！

〔炮声。

黑　田　哪里打炮？

胡传魁　不知道！

〔一伪军上。

一伪军　报告，新四军打到后院了！

黑　田　顶住！顶住！（仓皇逃下）

〔开打，突击排消灭日伪军。郭建光
弹无虚发，连毙敌众，最后把黑田踩
在脚下，亮相。

〔突击排战士押俘虏过场。

〔程谦明率主力部队战士上。

〔阿庆嫂、赵阿祥率民兵上。

〔郭建光上，与程谦明、阿庆嫂等握手。

〔战士押黑田、邹寅生、胡传魁、刁德一上。

〔沙四龙扶沙奶奶上。

〔沙家浜群众和被救出狱的乡亲们上。

〔乡亲们看见胡传魁、刁德一等，怒不可遏，举铐欲打，郭建光拦阻。

郭建光　乡亲们！我们要把这些民族败类，交给抗日民主政府审判！

阿庆嫂　对！我们一定要公审他们。

胡传魁　你是……?

阿庆嫂　我是中国共产党党员！你们这些日本帝国主义者！民族败类！

郭建光　把他们押下去！

〔胡传魁、刁德一、黑田、邹寅生颓

丧地低头，被押下。

〔郭建光、阿庆嫂等与沙奶奶会见。

沙家浜镇的人民在毛主席和中国共产

党的领导下，清除敌伪，重见光明。

——幕闭

（剧终）

（初刊于一九七〇年）

范进中举

时间：科举时代

地点：某乡

人物：

魏好古　贾知书　费学礼　卜修文　范　进

书　吏　周　进　范　母　胡　氏　关　清

顾　白　胡屠户　院　子　张静斋　门　官

四差役　四秀才　店　家　艄　翁　三报子

厨　子　邻居数人

第一场　进学

时间：县考发案之后，学道起马之日。

地点：长亭。

〔魏好古、贾知书、费学礼、卜修文上。

魏好古　（念）身入黉宫门下，

贾知书　（念）头戴方巾潇洒，

费学礼　（念）做官不论多大，

卜修文　（念）要从秀才起家。

〔范进上，与诸人略拱手为礼，寒暄，呵手，尾厕诸人之后。

魏好古　列位年兄，今年县考，我等侥幸取中，如今大家都是秀才了！

贾知书等　都是秀才了！

魏好古　今日宗师周大人起马离县，我等长亭相送。远远听见鼓乐之声，学道大人来也！

〔杂役执旌旗牌伞过场。书吏、周进上。

魏好古　本科秀才魏好古，

贾知书　贾知书，

费学礼　费学礼，

卜修文　卜修文，

范　进　范……

魏好古等　（齐声）恭送恩师大人！

书　吏　候着！禀大人，本科秀才长亭相送。

周　进　住轿！

〔周进下轿介。众拜。

周　进　贤契等少礼！你等理当回家用功，何
　　　　须远送！——哦！范贤契也来了！

范　进　恭送大人！

周　进　范贤契，你今年多大年纪了？

范　进　门生今年三十岁。

周　进　你，今年，三十岁么？

〔众掩口笑。

范　进　这……门生名册上面报的是三十岁，
　　　　门生实年五十四岁了。

周　进　是啊，本道看你须发苍苍，也不像是

三十岁的样儿。你应考多少年了？

范　进　门生十六岁应考，到今考了三十八年了。

周　进　哦，你考了三十八年，因何总不进学啊？

范　进　这……想是因为门生的文字不通，不该得中，故而历任各位大人不曾赏取。

周　进　这也未见得。

范　进　（惶然）这……想是门生文字通顺，故而历任各位大人不曾赏取。

周　进　（微哂）范贤契！你交卷的时节，本道将你的文字看了一遍，只觉得乱七八糟，不知说了一些什么。

范　进　门生的文字本来的乱七八糟。

周　进　本道看你的年纪大了，可怜你一番苦志，将你的文字又看了一遍，觉得也还有些<u>意思</u>。

范　进　门生的文字也还有些意思？！

周　进　本道将你的文字看了三遍，方才看出贤契的文字是起承转合，均有法度，抑扬顿挫，铿锵悦耳，字字珠玉，句句惊人，真乃是天地间第一等好文章，本道提起笔来，浓圈密点，将你高高取中了！

　　　　〔范进如梦初醒，感激流涕，卜修文等偷觑见之，作眉眼，周进略转面，故如未见。稍停。

周　进　范贤契，本道看你的文章，火候已到，明秋乡试，必可得中，你回得家中，苦苦用功，不可三心二意，这功名举业，全靠志诚忍耐，若是半途而废，就是尽弃前功，你要记下了！

书　吏　起轿！

魏好古等　送大人！

书　吏　免！

〔周进、书吏下，众目送之。范进前
行数步，遥望。

魏好古　啊，列位年兄，周大人将范年兄的卷
子看了三遍，真乃是一个有心之人。

贾知书等　是个有心之人。

卜修文　啊，依小弟看来嘤，范年兄今年本来
是一定要取的！

魏好古等　却是为何？

卜修文　你们可晓得我们这位周大人也是五十
多岁方才高中的？我们进场的时节，
周大人坐在堂上点名，他那两只眼
睛，直往有胡子的脸上看，看来看
去，就看到了范年兄。他们二人，
一个姓周，一个姓范，这叫作"一
粥（周）一饭（范）当思来处不
易"呀！

魏好古　取笑了！请！

贾知书等　请！

〔魏好古、贾知书、费学礼、卜修文下。

范　进　（转面向外）且住！我考了三十八年，也不曾考中，怎么今年忽然就考中了？咦，此事实实有些奇怪！如今我是秀才了，不是什么（捧须一视）老童生了！（自呼）范秀才！范童生！噫，这秀才比童生是要好听得多，待我笑上一笑！啊哈……适才宗师叫我明年去应乡试，我赶紧回家，与母亲、娘子商议商议，走！

　　　　　（唱）周学道他待我恩同再造，

　　　　　　　　好一似降甘霖救活枯苗。

　　　　　　　　此时候顾不得开怀一笑，

　　　　　　　　急忙忙到草堂去见年高。

　　　　　　　　我转过了长亭上大道，

　　　　　　　　离了大道过小桥，

　　　　　　　　我往年去时路短归时遥，

今年脚步何轻矫。

猛抬头看见了村头社庙,

顿觉得天地间腊尽冰消。

我这里敲柴扉一声高叫!

开门来!

〔胡氏上。

胡　氏　（唱）想必是范相公又空走一遭。

（开门）

相公回来了!

〔范进将头上毡帽摘下,塞入胡氏手
中,匆匆径入内室。胡氏疑愕。稍
停,范进复出。

范　进　你与我放到哪里去了?

胡　氏　什么?

范　进　三十八年以前,你与我买下的!（忽
然自己想起）——哦哦哦,我想起
来了!（又下,即出,戴头巾上,
顾盼）

〔胡氏瞠目而看。范母暗上，在稍远处看。二人皆忽领悟，感极。

胡　氏　啊呀相公，你中了秀才了!

范　母　……啊呀阿牛儿，你中了秀才了!

范　进　母亲! 娘子! 我中了秀才了!

〔范母、胡氏惊喜，不知语从何出。稍停。

范　母　我儿，你场中辛苦了!

范　进　年年如此，倒也不觉辛苦。

胡　氏　相公，你路上可曾用过饭么?

范　进　这……不曾用过。

胡　氏　待为妻前去借米。

〔关清、顾白已上场，三人未觉，关清、顾白亦未惊动。

关　清　范大嫂，你不用去借米啦。今天早上你交给我十双草鞋，让我跟顾大哥拿到集上去卖，这是卖草鞋的钱买的二升米，你赶紧给范相公煮点饭吃吧!

115

范　母　啊！关大哥，顾大哥，你们来了，范
　　　　进他中了秀才了！

顾　白　是啊，我们进门就知道啦，老伯母，
　　　　恭喜你啦。

　　　　〔胡氏欲下。

范　母　啊，媳妇！昨日母鸡生的一个蛋，将
　　　　它烹煮好了，与我儿贺喜。

范　进　多谢母亲。

　　　　〔胡氏下。

关　清　范相公，你进了学，可就好了，明年
　　　　找一家馆，每年有十二三两银子学
　　　　钱，家里日月可就好过多啦！

范　进　这个……宗师大人道我文章火候已
　　　　到，明年要去应乡试，这馆嚜，我是
　　　　不教的。

关　清　哦，你还要去考举人！你要是考上
　　　　了，不就跟张静斋张老爷一样啦，这
　　　　么说你是要为官啦，做吏啦？

顾　白　买田啦，置地啦？

关　清　起屋啦，盖楼啦？

顾　白　穿绸啦，吃油啦？

关　清　骑马啦，坐轿啦？

顾　白　鸣锣啦，喝道啦？

关　清　刻石碑，修祖坟啦？

顾　白　拿板子，打穷人啦？

　　　　〔范进原来越听越觉有趣，口中诺诺，

　　　　至最后一句殊出意外，难以为情。

关　清　我们这是跟你说着玩的。你歇着吧，

　　　　我们走啦！

　　　　〔关清、顾白下，遇胡屠户上。屠户

　　　　手中提酒一壶，大肠一挂，徜徉直

　　　　入，旁若无人。

胡屠户　我自倒霉，把个女儿嫁给你这个现世

　　　　宝，穷鬼，历年以来，也不知累了我

　　　　多少！如今也不知因为我积了什么

　　　　德，带挈你中了个秀才，我所以带了

瓶酒来贺你！——亲家母，恭喜啦！
酒烫烫，肠子煮一开就行，我知道你
们家连点酱油都没有，这是煮好了
来的！

范　进　多谢岳父！

范　母　又要亲家花钱！

胡屠户　这是该花的，只要范进学好，听话，
这钱我倒是愿意花。

〔范母下。

胡屠户　（对范进）你如今中了秀才，就是有
身份的人了，凡事要立起个体统来。
像我这一行，都是有头有脸的人，又
是你的长亲，你怎敢在我的面前装大！

范　进　哦，是，是，是。

胡屠户　像家门口这些种田的拾粪的，不过是
些平头百姓，你要是跟他们也拱手作
揖，平起平坐，就坏了学里的规矩，
连我的脸上也无光了。你是个烂忠厚

没用的人，这些话我不得不教导你！

范　进　　岳父见教得是。

〔胡氏上。

胡　氏　　爹爹，相公，请来饮酒吃饭。

范　进　　哦，吃饭！岳父请！

胡屠户　　亲家母也来一块儿吃吧！老人家顿顿都是咸萝卜酱豆腐，想也难过得很。我女儿也来吃点，自从进了你家门，不知道猪油可曾吃过两三回哩，可怜可怜！（下）

〔范进少仵，忽然想起旅费难筹，沉吟不安，然只如片云一过，余兴未杀。下。

第二场　受阻

时间：次年秋，乡试前夕。

地点：魏好古家，张静斋家。

〔魏好古上。

魏好古 （念）闻鸡当起舞，

临阵要磨枪。

自从去年侥幸之后，本县秀才公约，
做了几次文会。看看秋风渐起，乡试
不远，须要加紧用功。今日文会，约
在小弟家中。这般时候，列位年兄想
必就要来了。

〔贾知书、费学礼、卜修文上。范进
上，微叹。相见。

魏好古 列位年兄！

贾知书等 魏年兄！

魏好古 天色不早，就此用起功来！

〔分坐，作文。少顷，魏好古、贾
知书、费学礼、卜修文等文俱就，
互观，独范进焦灼不得一字。众皆
诧异。

魏好古 范年兄，你为何独自沉吟，未写一字，难道有什么心事么？

范　进　只因场期将近，小弟应考的旅费，尚无着落，故而在此烦闷。

〔贾知书、费学礼、卜修文闻范进言，皆收拾欲去。

魏好古　（将三人叫住）啊，列位年兄，范年兄家境清贫，无有旅费，此去省城，少不得也要三两银子，我们大家……

卜修文　对，我们大家帮凑帮凑！小弟敬助一钱银子，此时就交与范年兄，小弟家中有事，我先走一步，先走一步。

费学礼　小弟也敬助一钱，范年兄笑纳。

贾知书　小弟也有一钱。

〔三人急付银，急走出，互一视，匿笑下。

魏好古　小弟手中也只有三钱银子，这便如何是好？范年兄，你还有什么亲戚故旧，可以暂借一时的无有？

范　进　这……只怕他不肯借贷与我呀！

魏好古　（忽然想起）小弟记得年兄曾经言讲，你与那张静斋张老爷小时都在观音庵中跟随一个姓秦的先生读过几天书，可是有的？小弟与张老爷原是亲戚，我们去至他家商借一回，有何不可。

范　进　这个……

魏好古　什么这个那个，功名大事要紧，快快地走！（下）

〔院子、张静斋分上，一至门里，一至堂上，略有参差。

张静斋　（念）闲云野鹤体态，
　　　　　　　　课花摘句生涯。（坐，看书）

院　子　（念）口传百官名姓，
　　　　　　　　门迎高车四马。

〔魏好古、范进上。

魏好古　来此已是，门上哪位在？

院　子	做什么的？
魏好古	烦劳管家通禀一声，姻侄魏好古， 世……
范　进	——晚生范进……
魏好古	特来拜见张老爷，有帖子在此。
院　子	候着。

〔范进、魏好古旁立。院子入。

院　子	叩见老爷。
张静斋	罢了，今日有什么人来过么？
院　子	佃户关清、顾白送早租子来啦，小的 叫他们交与李先生清查下仓，此时在 下房里歇着哩。
张静斋	叫他们稍歇片时，还是快些回去。
院　子	胡屠户送肉来啦。
张静斋	送了多少？
院　子	送了四十斤。
张静斋	他现在哪里？
院　子	在厨房里跟厨子老王聊天哩。

张静斋　这个东西，怎么前日送来的猪肉里面带了两大块骨头！去与他说，月底收钱的时候，要少算两斤价钱！还有什么事么？

院　子　有两个秀才来拜，拜帖在此。

张静斋　（看帖）魏好古、范进……就说我与陈大人到望江楼赋诗去了，不在家中！

〔院子通禀时，魏好古、范进详察张府门前气派，交谈。

魏好古　小弟十二三岁的时候，与张家是常来常往。那时节进出都由西边那个小门。后来张老爷高中了，来往官员多了，恐怕碰到纱帽的翅儿，方才新开了这座大门。

范　进　哦，哦。

魏好古　这左边一带水磨砖墙内，是一座大花园，本是王家当铺的产业，九年之前，为了一场官司，才送与张家的。

范　进　哦，哦。

魏好古　小弟与张老伯乃是老亲，见面之后，
　　　　少不得要叙叙家常旧事，这借钱之事
　　　　嚜，要缓缓提起……

　　　　〔院子出。

院　子　二位秀才过来！老爷与陈进士陈大
　　　　人、高翰林高大人、本县县太爷马老
　　　　爷一齐到望江楼饮酒赋诗去了，不在
　　　　家中，二位的原帖请带回去。

范　进　（自语）事到如今，只有向我那岳父
　　　　开口了。

　　　　〔胡屠户出。

院　子　哎，胡屠户，刚才老爷说了，你前儿
　　　　送来的肉里有两块大骨头，要扣你
　　　　四斤肉钱！下回再这样可不行啊！
　　　　（下）

胡屠户　这是哪里说起啊！

范　进　啊，岳父在这里！

胡屠户　你怎么上这儿来啦，是找我吗？

范　进　正要到岳父家中商量一事。

胡屠户　有什么事就这儿说吧！

〔关清、顾白出。

范　进　去年小婿进学的时节，宗师说我的文章火候已到，劝我今年务要去应乡试，只是小婿无有旅费，不知岳父可肯暂借与我？

胡屠户　要多少？

范　进　再有二两多银子，也就够了。

胡屠户　呸！不要做你的梦了！你觉得你中了个秀才，就癞蛤蟆想吃天鹅肉了！我听人说，就是中秀才，也不是你文章好，还是宗师看见你老，不过意，才舍给你的，如今痴心就想中起老爷来啦！这些中老爷的都是天上的文曲星，你不看看张府上来往的这些老爷，一个个方面大耳，像你这尖嘴猴腮，也该撒泡尿自己照照，不三不四，就想天鹅肉吃！趁早收了这条心，过两天在我们同行人家给你寻个馆，每年寻几两银子，养活你那老不死的娘和你老婆是正经！你向我借钱，我一天杀一个猪还赚不到钱把银子，都借给你丢在水里，叫我一家老小喝西北风去？岂有此理！嘿！

（下）

范　进　（目瞪口呆有晌）这是哪里说起！

〔魏好古已溜下。关清、顾白相顾，微叹息，下。

第三场　邻赏

时间：前场后数日。

地点：范进家中。

〔范进上，叹气，摇头，低头，摇
头，绕室而行，长叹。

范　进　咳！难道说我这一片前程，就断送在
这三两银子上面了么？

（唱）光阴似箭太匆匆，

　　　　一年容易又秋风，

　　　　风吹落叶飘不定，

　　　　愁煞堂前老书生。

　　　　河边人语舟争渡，

　　　　道上尘飞马不停，

　　　　举目纷纷来和往，

　　　　全都是赶考应试的人，

　　　　唯有范进在家中困，

　　　　立不安来坐不宁，

　　　　我要走，走不成，

　　　　囊中无有三两银！（取出考篮，
　　　　摩挲拂拭）

　　　　唔，我这里已经有了六钱银子，倒不

如就是这样地前去，就是吃尽千辛万苦，也是甘心无怨，走！（拎考篮，举步外出，甫及户，踟蹰，一足跷悬良久）哎呀，不可呀不可！此去省城，山长水远，我囊中钱少，且又身无一技，倘若流落他乡，如何是好，走不得走不得！嗳！

（唱）望省城，路几程，

多少长亭更短亭，

山又高，水又深，

无钱寸步也难行。

我手上全无缚鸡力，

腹中只有八股文，

倘若是流落他乡无人问，

岂不要死投沟壑作孤魂！

罢罢罢，且耐忍，

但愿来科登龙门。

也罢，我旅费不足，不可贸然前去，

只好安心等待，来科再考！……哎呀
不行呀不行！想这乡试大比，乃是三
年一科，我今年五十五岁，再无有几
个三年好等了！我今科无有旅费，来
科何能便有？难道说，我这一辈子就
做定了这个白头的秀才了！就是这样
的穷困潦倒！这样的落魄恓惶！我就
穿的这样的破衣！吃的这样的苦饭！
住的这样东倒西歪的茅屋！守的这两
本旧卷残书！我就是这样的老死窗下
了么！

（唱）四十余年苦用功，

　　　　忘餐废寝不稍停，

　　　　我口不停念，念得我唇干舌燥

　　　　耳目昏，

　　　　我笔不住写，写得我手指麻木

　　　　腕臂疼，

　　　　足不窥园，头不安枕，

口不知味，耳不知音，

秋非我秋，冬非我冬，

夏非我夏，春非我春，

实指望苍天不负苦心人，

又谁知费尽心机成画饼，事到

头来一场空。

我问一声先师孔圣人，

你留的什么四书著的什么经！

我问一声太宗太祖高皇帝，

你兴的什么科举考的什么文！

你害得我低不就来高不成，

害得我死不死来生不生！

倘若是转世投胎将母认，

发誓不做读书人！（跌足，坐，

下意识地捉起案上书，忽觉，

愤然掷去，伏案）

〔关清、顾白、邻人甲乙上，见状，

叹息。

关　清　范相公!

范　进　哦哦，众位高邻!

关　清　你是不是还是非想去考一趟乡试不可哇?

范　进　我无有旅费，去不成了!

关　清　范相公，我们这一阵子看见你老是这么愚愚魔魔、失魂落魄的样子，心里都怪难过的。大伙商量了一下，给你请了个会，凑了这十几吊钱，合得到一两四五钱银子，你看看，要是路上吃点苦，能不能勉强够一趟来往盘缠?

邻　众　你一定要去，就去一趟吧!

范　进　（愣了半天，忽然）你们是我的生身父母，救命的恩人! （趴下来就叩了几个头）

邻　众　别这样，别这样，你这是干什么!

范　进　（狂呼）母亲! 娘子! 我有了银子了!

〔范母、胡氏急出。

范母/胡氏　多谢各位高邻，请上受我婆媳
　　　　　一拜！

邻　众　别介，别介！快叫范相公上路吧，再
　　　　迟就赶不上啦！

范　进　母亲，娘子，众位恩人！我就此告
　　　　别了！

　　　　（唱）辞别亲邻把路赶，

　　　　　　　心急犹如箭在弦。（下）

范母/胡氏　（唱）但愿此去光门楣，

邻　众　（唱）读书种田不一般。（下）

第四场　文战

时间：乡试前后。

地点：往贡院路上，贡院门前。

　　　　〔魏好古、贾知书、费学礼、卜修
　　　　文上。

133

魏好古　月中丹桂比天高，

贾知书　鱼龙变化在今朝，

费学礼　但愿时来运气好，

卜修文　脱却蓝衫换紫袍。

魏好古　众位年兄，今逢乡试大比，你我省城
　　　　应试，不知范年兄可能赶来？

卜修文　咱们不是一共才给他凑了六钱银子
　　　　吗？六钱银子还不够一顿鸭翅席的钱
　　　　哩，他怎么来得了哇！他不来顶好，
　　　　少一个不是好一个吗？我巴不得全省
　　　　就我一个人应考才好哪！

魏好古　等他不来，我们只好先行一步了。

贾知书/费学礼　赶路要紧！

魏好古　请！

贾知书/费学礼/卜修文　请！（同下）

　　　　〔四差役、门官上。

门　官　（念）跟随大主考，

　　　　　　　奉旨出京朝，

门官职非小，

威风杀气高，

秀才归棚号，

好似入林鸟，

要过门前道，

解怀又搜脚。

来！仔细搜查！

四差役　（同唱）仔细搜查！

〔四秀才上，经搜查，众窜而入。魏好古、贾知书、费学礼、卜修文上，经一一搜查，至卜修文，于其周身各处搜出夹带多本，一本比一本更小，放入。至稍远处，卜修文又于靴筒中摸出一本极精小之夹带，摇示同人，嘻笑而入。

〔一炮。

门　官　（念）顷刻时辰到，

　　　　　　锁门贴封条。

四差役 啊！

　　　　〔范进内喊："且慢！"急上。

范　进 远方秀才道路阻隔，一步来迟，望
　　　　求门官老爷，暂开一线之路，放我进
　　　　去，秀才感戴终身，没齿难忘。你你
　　　　你……高抬贵手，放我进去！

　　　　〔范进跪行叩首，门官三挡，放入。

门　官 去吧！

　　　　〔范进急下。

　　　　〔三炮。

门　官 （念）咚咚三声炮，

　　　　　　　考棚静悄悄，

　　　　　　　有人再迟到，

　　　　　　　神鬼也不饶！

　　　　封门！

四差役 啊！

　　　　〔差役封门，门官作势下。

　　　　〔吹打。

〔门官上。

门　官　三场已过，九日功成，启封拨锁，开
了大门！

〔四秀才上，一揖，分下。

〔魏好古、贾知书、费学礼、卜修
文上。

费学礼　（念）号棚窄小睡不安，
　　　　　　　累得腰疼腿又酸。

卜修文　（念）天天都吃夹生饭，
　　　　　　　顿顿五香茶叶蛋。

贾知书　（念）且喜三场都已完，
　　　　　　　黎明五鼓交了卷。

魏好古　（念）不知帘官荐不荐，
　　　　　　　主考大人看不看。

〔范进上。

魏好古　众位年兄，你们考得可还得意？

贾知书　小弟留有草稿在此，魏年兄指教
一二。

魏好古　正要拜读。

　　　　〔众看贾知书稿。

　　　　喂呀，年兄的文字起承转合，均有法度，妙得紧！看来年兄此科是必要高中的，可喜可贺。小弟亦有草稿在此，年兄请看，可还过得去否？

　　　　〔众看魏文。

贾知书　喂呀，年兄的大作抑扬顿挫，铿锵悦耳，妙得紧！看来年兄是一定要高中的，可喜可贺！

魏好古　范年兄，你此番考得可好哇？

范　进　列位年兄，请看小弟文章可有取中之望么？

魏好古　大家看来。

　　　　〔众看范进文。

范　进　（向魏好古）可有取中之望呀？

魏好古　这……

范　进　（向贾知书）可有取中之望呀？

贾知书　这……

范　进　列位年兄，看小弟文字可有取中之望呀？

卜修文　依小弟看来嘛……啊，列位年兄！你们可曾看见，今科这位主考大人，与我们去年县考的周学道是大不相同：他们二人——一个是高的，一个是矮的；一个是瘦的，一个是胖的；一个是黑沉沉的长脸，一个是红通通的圆脸；一个是老花眼，一个是近视眼；唔唔唔，一个是满面花白胡须，一个是溜光水滑，一根胡须都无有。他们二人的年貌既不相同，这看文章的眼光也就不会一样，学道大人所赏识称赞者，主考大人未必喜欢。范年兄，我看你呀……

魏好古　（截断卜语）喂，中与不中，此时焉能预料。卜年兄，你的文章想必是十分得意的了！

卜修文　这……这位主考大人出的题目出于何处啊？怎么我这个夹带上找不到哇？

魏好古　怎么无有哇？

卜修文　在哪儿哩？

魏好古　（检视卜修文夹带）嗟！你这个夹带缺少了一页，题目正在上面。

卜修文　这一定是奶妈给我兄弟擤了鼻涕了！这个老婊子，把我一个举人就这样擤掉了！回去我得赶紧补上！

费学礼　现补也来不及了！

卜修文　今科用不上，下科还要用的！走！这两天的罪也受够了。把中秋节也耽误了。我们赶紧回家，打两斤好酒，炖两只肥鸭，痛痛快快补过一个！我们到江边包一只大船，吃着吃喝，累了就躺着，一帆风顺，平安到家，你们看好是不好？

魏好古　　说好便好。范年兄你呢？

范　　进　　小弟么？步行而归。

卜修文　　是啊，年岁大了，安步以当车，最稳
　　　　　　当不过。

魏好古　　如此，范年兄，再见了！

范　　进　　（呆立有晌，自语）哎呀，这位主考
　　　　　　大人的面上果然是溜光水滑，一根
　　　　　　胡须都无有哇！这这这……（恍惚
　　　　　　而下）

魏好古　　正是：

　　　　　　（念）功名成败未可知，

贾知书等　　（念）但等来日放榜时。（同下）

第五场　传讹

时间：距前场半个多月，约在九月初三、四日。

地点：路上。

范　　进　　（内唱）出贡院离省城不敢耽搁，（上）

登高山过长河受尽奔波。

一路上不觉得半月已过，

影绰绰看见了故乡城郭。

忍不住一阵阵腹中饥饿，

倾囊中三文钱买个窝窝。

我出得贡院，急急行来，不觉半月已过，一路之上受尽辛苦，且喜已到本县地界，只是我腹中饥饿难忍，（摸袋）我囊中尚有三文钱，看那旁有一小小饭店，前去买些干粮充饥，好在已到故乡，就是一钱莫名，也不怕了。

〔店家上。

店　家　（念）门迎大道，户对官河。

小店虽小，买卖不错。

人来客往，谈谈说说。

听听新闻，倒也快活。

范　进　店家请了！

店　家　请了，客官要吃点什么？

范　进　我这里有三文钱，可买得到两个窝窝？

店　家　窝窝两个钱一个，四个钱两个，三个钱买两个不足，买一个有余，我还得拿刀切下半拉。得啦，你拿着两个吧，掌柜的晚上结账，我就说是我吃啦。（范接窝窝吞食）哎呀！看你这个样子，挎着考篮，八成你是进省乡试回来啊？你怎么在路上走了这么多时候哇？本城的秀才早都到了家啦，城里都有了报喜的报子来过啦，听说就要放榜啦，街上就要卖题名录啦！

范　进　哦！哦！哦！（插入店家话中）你你你可曾听说本县秀才哪一个中了？

店　家　听说是卜修文卜相公中了——这如今该叫卜老爷了！哎呀，他往后可阔啦，跟张静斋张老爷是一样的身份啦！

范　进　可曾听说还有什么人中了？

店　家　这个，倒没有听说。

范　进　多谢了！

店　家　半个窝窝，甭谢啦！（下）

范　进　（唱）适才听得店家话，

　　　　　　　　范进心中乱如麻，

　　　　　　　　一时难辨真和假，

　　　　　　　　急急忙忙赶回家，

　　　　　　　　来在河边柳树下，

　　　　　　　　大水滔滔两眼花。

　　　　适才听得店家言道，省城已有报录到来，阖县之中，只有卜修文一人取中，一时难辨真假，赶回家去，再作道理。行走之间，来到大河堤岸，欲渡无舟，如何是好？看那旁有一渡船来了，不免与艄翁商议一番，请他渡我过去。

　　　　〔艄翁上。

艄　翁　（念）驾一小船，往来河下，

渡客运货，捞鱼捉虾；

水又不深，风又不大，

稳坐船头，听人闲话。

范　进　艄翁请了！

艄　翁　请了！客人莫非是要过河？

范　进　我远路归来，急欲渡河回家，只是一时囊中不便，艄翁可肯渡我过去？

艄　翁　都是喝一条河里的水的人，说什么肯与不肯。你请上船。（顾范进）哎呀，看你这个样子，挎着考篮，八成你是进省乡试回来啊？你怎么在路上走了这么多时候哇？本城别的秀才早都到了家啦，县里早就有报子来过啦，听说已经放了榜啦，街上眼瞧就有题名录卖啦！

范　进　哦！哦！哦！（插入艄翁话中）你你你可曾听见本城秀才哪一个中了？

艄　翁　听说满城就一个卜修文卜相公中

了——这如今该叫卜老爷了，哎呀他这下子可就阔啦，跟张静斋是一样的身份啦。

范　进　可曾听到还有什么人中了么？

艄　翁　这个，倒没有听说。到了，你请上岸吧！

范　进　多谢了！

艄　翁　过一趟河，甭谢啦！（下）

范　进　（唱）艄翁说得确，

范进心似灰，

费尽心和血，

终成铩羽归。

近乡情更怯，

眼前泰山颓。

适才听得艄翁言道，省城已经放榜，本县只有卜修文一人取中，看来此是确实的了。我铩羽而归，有何面目去见妻子老母与我那岳父。——哎呀，那旁好像是岳父来了。……

　　〔胡屠户上。

胡屠户　（念）人要富，猪要肥，

　　　　　　　人要捧，猪要吹；

　　　　　　　人不富，是穷鬼，

　　　　　　　猪不肥，腌火腿。

范　进　果然是岳父来了，狭路相逢，只好上
　　　　前相见。岳父在上，小婿拜见。

胡屠户　呦！您不是新科的范举人，范老爷，
　　　　范大人吗？您可回来了，您赶紧回去
　　　　吧，家里给您预备的上等酒席，锦缎
　　　　衣裳，高楼瓦房，八抬大轿，大骡子
　　　　大马大叫驴，花猫肥狗胖丫头，就等
　　　　您回去享福受用哪！您快走吧，把考
　　　　篮交给我，我给您拿着。（范进昏昏
　　　　然竟将考篮递去，屠户以赶猪棒打在
　　　　考篮上）你个现世宝，穷鬼，胎里
　　　　穷，命里穷，根根头发都穷！我叫你

别去赶考，你瞒着我偷偷地去了，我好容易给你找了家馆，人家答应了，找不着你，又吹了，往后你还得来拖累我。我在集上已经打听清楚了，本城报子也来过了，省城也放了榜了，街上也卖了题名录了，阖城就是卜老爷一个人中了。这中举人的都是天上的文曲星，你看看张老爷、卜老爷，人家都是方面大耳，一个个都有万贯家私，一年跟我买肉都买上千斤哩！你个尖嘴猴腮的也想做举人，也不撒泡尿照照！我要去赶猪，没工夫跟你多费话！你还不快回去，你家里连一颗米都没有了！

〔胡屠户下。范进两眼发直，浑身战抖。

范　进　（唱）听罢岳父一番训，

　　　　　　　冷水浇头怀抱冰，

眼花缭乱强扎挣，

浑身软弱汗淋淋。

此时如梦又如醒，

如醉如痴往前行。

一步慢来一步紧，

一步浅来一步深，

一步更比一步近，

远远望见旧门庭，

归来不是真范进，

死去的范进未招的魂。（摇摇
欲跌，下）

第六场　卖鸡

时间：紧接前场。

地点：范进家中。

　　　〔范母上。

范　母　哎！（唱）悔不该不听亲家之言，

叫我儿赶考去求官。

他那里伤心失意路途远，

我这里忍饥受饿望眼欲

穿。（伏案）

〔范进上。

范　进　（轻呼）母亲！

范　母　儿回来了？

范　进　孩儿（哭）不曾得中！

范　母　哦，不曾得中？想是因为家门福薄，
　　　　怪不得孩儿。家中已经断炊数日，儿
　　　　快快将家中那只老母鸡抱到集上卖
　　　　了，买几升米回来，也好煮餐粥吃；
　　　　为娘已是饿得两眼都看不见了。

范　进　是，孩儿就去。

〔范进下；抱鸡又上。

范　进　啊，母亲，孩儿不会卖鸡！

范　母　这卖鸡儿都不会么？也罢，你将一个
　　　　草标儿缚在鸡的身上，自有人前来问

价。母鸡五百钱一斤，这鸡是三斤半
重，三五一五，半斤是二百五，共卖
一千七百五十钱，有人给一千五六百
钱，就卖与他吧！

范　进　共卖一千七百五十钱，有人给一千五六百
钱就卖与他。一千五六百钱，一千五六百
钱，就卖与他……（边念叨边出门）

范　母　你媳妇在村前剜菜，你若是看见她
时，就叫她回来吧！（下）

范　进　一千五六百钱，就卖与他！（忽放
悲声）一千五六百钱！就卖与他！
（泣下）

第七场　驰报

时间： 紧接前场。

地点： 路上。

　　〔报子趱马上。

报子甲　　（念）乡试秋闱要发榜，要发榜；

　　　　　　　　　出了举人一大帮，一大帮。

　　　　　　　　　报子只为去求赏，

　　　　　　　　　千山万水走慌忙。

报子乙　　（念）报子报子把喜报，把喜报；

　　　　　　　　　五湖四海不辞劳，不辞劳。

　　　　　　　　　我爱秀才大元宝，

　　　　　　　　　秀才爱我的黄报条。

报子丙　　（念）报子报喜马如飞，马如飞；

　　　　　　　　　报喜一声响如雷，响如雷。

　　　　　　　　　昨日贫寒今日贵，

　　　　　　　　　几家欢笑几家悲。

报子（甲乙丙）　　我们打从省城到此，寻找新

　　　　　　　科举人范进，来此三岔路口，不知是

　　　　　　　哪一条道路。

报子甲　那旁有一樵哥，前去问来。

报子（甲乙丙）　　樵哥请了，请问范进相公，

152

家住哪里？

樵　哥　（内应）绕过集镇，沿大路直走，到了一个小小水塘旁边，门前有一棵不长叶子的槐树，那就是范进的家。

报子（甲乙丙）　多谢了！

报子甲　加鞭赶去者！（下）

第八场　过场

时间：与前一场同时。

地点：路上。

　　　　〔范进抱鸡上，焦虑万状，过场，下。

第九场　趋贺

时间：紧接前场。

地点：路上。

　　　　〔魏好古内白："走哇！"上。

魏好古　（唱）省城乡试发了榜，

　　　　　　　范进高中名姓扬。

　　　　　　　策马登门去拜望，

　　　　　　　深幸与他是同乡。

　　　　〔贾知书内白："魏年兄慢走！"上。

贾知书　（唱）老范进，文章强，

　　　　　　　真同海水不可量。

　　　　　　　从今事事须仰仗，

　　　　　　　登门贺喜走一场。

　　　　〔费学礼内白："二位年兄慢走，小

　　　　弟赶来也！"上。

费学礼　（唱）范进今年官星旺，

　　　　　　　好比太公遇文王。

　　　　　　　凑凑热闹捧捧场，

　　　　　　　锦上添花理应当。

　　　　　二位仁兄，走得慌忙，莫非是与范仁

　　　　兄贺喜去的？

魏好古/贾知书　　正是。

费学礼　　后面马蹄声响，想必是卜老先生来了。

魏好古/贾知书　　我等道旁恭候。

　　　　〔卜修文噙上，后随一挑食盒的厨子。

卜修文　　（唱）刚刚补过了中秋把月赏，

　　　　　　　　转眼又要过重阳。

　　　　　　　　人逢喜事精神爽，

　　　　　　　　眉飞色舞趾高气扬，

　　　　　　　　前几日乡试秋闱发了榜，

　　　　　　　　我的名字在正中央。

　　　　　　　　这件事，未免荒唐，

　　　　　　　　大概是主考大人喝了孟婆汤！

　　　　　　　　我要不相信，这又不是谎。

　　　　　　　　现有报帖贴在我家堂屋东板墙！

　　　　　　　　咦，这才是时来泰山都不能挡，

　　　　　　　　我心中好比吃了一个大蟹黄。

　　　　　　　　老范进，也上了榜，

　　　　　　　　我有面子他风光，

　　　　　　　　从今咱俩要常来往，

遇见事情好商量。

抬了一坛酒，杀了一只羊，

咱俩痛痛快快地喝一场。

正走之间抬头望，

三个秀才站在道旁。

哦喝，我当是何人，原来是三位秀才！

魏好古/贾知书/费学礼　卜老先生！

卜修文　三位秀才意欲何往呀？

魏好古/贾知书/费学礼　前去与范老先生贺喜。

卜修文　因何不走？

魏好古/贾知书/费学礼　恭候老先生先行。

卜修文　不必客气，你我并辔而行。

魏好古/贾知书/费学礼　晚生等不敢。

卜修文　如此恕小弟我就大胆了。

魏好古/贾知书/费学礼　请！

〔魏等正欲上马，忽闻后面喝道声，众皆急下马。四院子引张静斋驰上。

张静斋　家院！来此三岔路口，前去问明，哪里是范老爷的府第！

院　子　那旁有一樵哥，前去问来。樵哥请了，请问哪里是范老爷的府第？

樵　哥　（内答）哪一个范老爷？

院　子　新科举人姓范讳进的老爷。

樵　哥　（内答）绕过集镇，沿大路直走，到了一个小小水塘旁边，门前有一棵不长叶子的槐树，那就是！

院　子　多谢了！

张静斋　家院，吩咐躜行！

卜修文　啊静斋兄！

魏好古/贾知书/费学礼　张老先生！

张静斋　哦，卜仁兄！三位秀才，莫非是与范仁兄贺喜去的么？

卜　等　正是要与 范年兄／范老先生 贺喜！

张静斋　卜仁兄先行！

卜修文　不敢，张仁兄请！

张静斋　得罪了！

　　　　〔张、卜、魏等依次下。

　　　　〔胡屠户骑驴急急过场下。

第十场　过场

时间：与前一场同时。

地点：路上。

　　　　〔范进抱鸡上，失魂落魄，过场，下。

第十一场　发疯

时间：紧接前场。

地点：范进家中。

　　　　〔胡氏扶范母上。

范　母　（念）我儿不得第，

胡　氏　（念）集上去卖鸡。

〔三报子上。

报子甲　来此已是，门前有一棵光秃秃的槐
树，将马拴在树上，一同进去。

三报子　报！

〔范母、胡氏惊退。

三报子　捷报贵府范老爷高中乡试第七名亚
元。恭喜老爷明年金榜题名、状元及
第，高官得做，骏马得骑。报子不远
千里，马不停蹄；老爷欢欢喜喜，多
多赏财。报喜呀！

〔堂上寂然。

报子甲　怎么喳，人没啦，刚才还明明看见有
两人的？哙！有人没有，您府上范老
爷恭喜高中啦，我们是从省城来报喜
的，出来一个人接报帖吧！

〔范母上。

范　母　怎么，小儿他他他……中了么？

三报子　原来是老太太，报子叩头！

范　母　少礼，少礼！

〔报子升挂报帖。一院子上。

院　子　本府张老爷、卜府卜老爷、魏相公、
　　　　贾相公、费相公到府拜会范老爷！

范　母　这……

报子甲　老太太您就吩咐有请吧！走，咱们下
　　　　面待会儿去！

〔三报子同下。

范　母　有……请……

院　子　太夫人有请！

〔张静斋、卜修文、魏好古、贾知
书、费学礼上。

张静斋　将马拴在树上，下面伺候！小侄张
　　　　静斋。

卜修文　卜修文。

魏好古　魏好古。

贾知书　贾知书。

费学礼　费学礼。

众　　　参见伯母！

范　母　请……坐……

张静斋等　谢座！

　　　　〔胡屠户提七八斤肉，五千钱上。马
　　　　嘶，胡惊惧溜下。

范　母　啊，张老爷，小儿可是当真的中了？

张静斋　现有报帖在此，焉能假得！

范　母　是呀，现有报帖在此，焉能假得。哎
　　　　呀，这就好了，这就好了！

张静斋　啊老伯母，怎么不见范仁兄？

范　母　他，他到集上卖鸡去了！

张静斋　快些请他回来，我们也好与他当面
　　　　贺喜。

范　母　哦哦是是是，老身去至后院，请两位
　　　　乡邻到集上去找他，只是……

张静斋　伯母只管请去，我们在此等候！

　　　　〔范母下。

张静斋　卜仁兄，三位秀才，范仁兄高中，乃

是桑梓之福，乡里之光，可喜可贺。某闻得范仁兄的佳作，已为万家争诵，你们可曾见过他的草稿？

魏好古/贾知书/费学礼　晚生等拜读过的。

卜修文　范年兄的文字，论章法，是起承转合俱有法度；论声调，是抑扬顿挫，音调铿锵；字字珠玉，句句惊人，乃是第一等的好文章。小弟嘛是十分的佩服，十分的佩服！

张静斋　卜仁兄一番议论，足见高明，怪不得今科也高中了！啊三位秀才，你们应当将范仁兄的文字多多揣摩才是。

魏好古等　是啊，晚生此来，正要拜求范老先生窗稿回去诵读。

张静斋　三位秀才有此上进之心，虽不中不远矣！啊，怎么范仁兄还不见回来？

〔关清、顾白拉范进上。

范　进　二位大哥，小弟乃是伤心之人，你不要与我作耍；我家中无米，等着卖鸡买米救命哪！

关　清　谁还跟你开玩笑！你们家报喜的贺喜的挤了一屋子啦！

顾　白　你看你们家门口秃头槐树上拴了这么多马，这还会假吗？到家看见报帖，你就明白啦！

〔关清、顾白推范进入门；关清、顾白下。

张静斋　　　　　范仁兄，

卜修文　（同高叫）范年兄，

魏好古等　　　　范老先生，

众　恭喜你高中了！

报　子　范老爷！

〔范进惊愕，抬头看见堂上报帖，三步两步，抢入堂中，从正面看了看报帖，又往左右各鹤行数步，引颈而看，面呈痴笑，整冠，理须，端带，

163

奋袖揭取报帖，前行数步，凝视。

范　进　（读报帖）"捷报，贵府……老爷，
　　　　范，讳进，高中乡试第七名……亚
　　　　元，京报连登黄甲！"噫，好了，我
　　　　中了！

张静斋　范仁兄，

卜修文　范年兄，

魏好古等　范老先生，

　众　我们与你贺喜来了！

范　进　（看报帖，拍手，笑）嘻嘻嘻……
　　　　噫！好了！我中了！

　　　　〔范进看报帖，扬举，戏舞之，动作
　　　　中夹带欢喜与苦痛。张静斋等不知所
　　　　措，但仍热心地向他贺喜。

张静斋　仁兄高中，乡里之光！

卜修文　明年会试，必占鳌头！

魏好古等　小弟等特来拜求窗稿，早晚揣摩
　　　　诵读！

报子甲　您把赏钱打发给我们吧！

〔范进觉得人声人影向自己围逼而来，惊疑，将报帖抱紧，如畏人夺去，目光烁烁如攫果之猿，伺鼠之猫，周身曲缩，左右防御，忽然意决，夺门而逃。

〔关清、顾白、邻人急上。

〔张静斋等、范母、胡氏、报子赶出。

〔胡屠户急上。

范　进　（至下场门，回顾）我中了，噫！

（下）

关清/顾白　他疯了！

〔关清、顾白追下。

〔范母、胡氏追下。

〔张静斋等下。

〔邻人、报子下。

〔胡屠户左右顾，急下。

第十二场　捆治

时间：紧接前场。

地点：集上。

〔关清、顾白内白："范相公慢走！"

范进上，披发一绺，脚步浮飘。

范　进　哈哈哈……

关　清　范相公！范进！

顾　白　听不见！叫他小名：阿牛！

〔范进闻声转面，举动转为"娃娃生"。——此后范进皆载歌载舞，余人俱随之舞蹈，满台俱有疯意。

范　进　（唱）耳边厢又听唤阿牛，

　　　　哦，你是关清，你是顾白！

关　清　不错，还认得人哪！

　　　　（唱）小河流水清悠悠。

顾　白　前言不搭后语啊！

范　进　水中游鱼来了，

166

（唱）小鱼儿摆尾水面皱，（作垂
　　钓状）

　　　　香饵空垂不上钩。

　　　　一双蝴蝶飞来了，

（唱）蝴蝶儿双双分前后，（作扑
　　蝶状）

　　　　因风飞过树梢头。

　　　　黄莺儿枝头来求友，

关　清　他这是想起小时候跟咱们一起玩儿的
　　　　事来啦！

范　进　（唱）天宽地大任自由。

顾　白　没有玩几年，他就去上学念书做文
　　　　章啦！

范　进　你们说什么？

关清/顾白　说你后来上学念书做文章啦！

范　进　啊呀！

　　　　（唱）我心中恼恨古圣贤，

　　　　　　　平白无故造谣言，

他说了短短一句话，

叫我长长作一篇。

呕断了心肝无半点，

不如投笔学逃禅！（逃走）

顾　白　这家伙，逃学啦！

关　清　追！范相公，你不是会做文章啦吗，你都赶了这么些次考啦！范相公！范相公！

〔关清、顾白追下。

〔魏好古、卜修文、贾知书、费学礼急上。

魏好古　难得功名到手，怎么又疯了！

卜修文　我看他中了也要疯，不中也要疯，这是命该如此。

〔魏好古、卜修文、贾知书、费学礼下。

〔关清、顾白内白："范相公，你不是都赶了三四十年考了吗，别跑

168

啦！"范进上。关清、顾白、卜修文、魏好古、费学礼、贾知书上。范进闻声举动转为"小生"。

范　进　（唱）听说是一声去赶考，

关　清　是啊，你赶了考啦！

范　进　（唱）换了一身新衫袍。

　　　　我要祷告祷告。

　　　　（唱）在文昌像前去祷告，

　　　　还要叩求祖宗保佑，

　　　　（唱）祖先堂上把香烧。

　　　　母亲，孩儿去也！

　　　　（唱）老娘亲送我脸含笑，

　　　　　　　篮中又放枣儿糕。

　　　　有劳二位大哥摇船送我！

　　　　（唱）有劳二位来举棹，

顾　白　他这是想起第一回进城赶考啦，还记得是咱们俩拿船送他去的哪！

范　进　（唱）送我去试紫霜毫。

关　清　就这一回是欢欢喜喜的去的，往后就
　　　　一回不如一回啦！

顾　白　往后一年比一年寒村，一年比一年窝
　　　　囊，把好好一个人折磨得不成人样啦！

范　进　怎么，你们笑我？

关　清　没有哇！

范　进　你们骂我？

顾　白　没有哇！

范　进　喉！你们！（向魏好古等）笑骂我
　　　　了啊！（动作转为"老生"，满腔
　　　　悲愤）

　　　　（唱）你笑我须发如飞蓬，

　　　　　　　笑我腰驼背似弓，

　　　　　　　你笑我鞋露趾来袜露踵，

　　　　　　　笑我衣破似悬鹑，

　　　　　　　你笑我老，你笑我穷，

　　　　　　　笑我是一个疙里疙瘩的老童生，

　　　　　　　我和你无仇又无恨，

你苦苦地笑我为何情！（下）

魏好古　范老先生，这都是旧事了，此时还提

　　　　他则甚，你如今不是已经高中了么？

贾知书　是啊，既然高中，这些旧事就不必提

　　　　起了！

　　　　〔魏好古、贾知书、费学礼、卜修文

　　　　下，关清、顾白追下。

　　　　〔张静斋、范母、胡氏、邻人、报

　　　　子上。

范　母　怎生这样的苦命，中了一个举人，就

　　　　得了这个拙病；这一疯了，几时才得

　　　　好啊！

胡　氏　早上出去，还是好好的，怎的就得了

　　　　这样的病，却是如何是好！

张静斋　你们大家可晓得什么治疯病的法儿？

邻　人　先赶上他再想主意吧！（一行下）

　　　　〔卜修文、魏好古等内白："范老先

　　　　生，你不要再气愤了，您如今已是高

中了！"范进上。卜修文、魏好古、
贾知书、费学礼、关清、顾白、邻
人、张静斋、范母、胡氏追上。

范　进　你待怎讲？

　众　　你中了！

范　进　我中了？哈哈……

　　　　（唱）中了中了真中了，

　　　　　　　你比我低来我比你高；

　　　　　　　中了中了真中了，

　　　　　　　我身穿一领大红袍，

　　　　　　　我摆也么摆，摇也么摇，

　　　　　　　上了金鳌玉蛛桥，

关清/顾白　（阻拦）喂，你要干吗去？

范　进　（唱）我不是有官无职的候补道，

　　　　　　　我不是七品京官闲部曹。

卜修文　你是什么官哪？

范　进　（唱）我是圣上钦点的大主考，

　　　　　　　奉旨衡文走一遭。

卜修文　自己刚考完，又要考别人啊？

范　进　（唱）我这个主考最公道，

　　　　　　　　订下章程有一条，

　　　　　　　　年未满五十，一概都不要，

　　　　　　　　本道不取嘴上无毛！

卜修文　这倒新鲜！

　　　　〔报子、邻人等笑。

范　进　你笑我，你骂我，我如今才不怕你，

　　　　我要考你！

　　　　（唱）你与我考，你与我考，

　　　　　　　你写了还要写，抄了还要抄，

　　　　　　　考了你三年六月零九朝，

　　　　　　　活活考死你个小杂毛！

　　　　〔范进逼近魏好古等，魏等退缩。范
　　　　进忽翩然飞至下场门，回顾作骄胜
　　　　态，下。关清、顾白追下。胡屠户、
　　　　厨子、院子急上。

胡屠户　哎呀亲家母、女儿！我听说姑老爷高

173

中了，我正在杀猪哩，我扔下刀，也不管猪是死了没有，急急忙忙就赶来了。他他他怎么又疯了，这这这可怎么办哪！哎呀，张老爷！卜老爷！（请安）这可怎么办哪！

魏好古　与他念上一段易经，不知可治得此病？

张静斋　他又不是被什么鬼怪迷住了！

卜修文　灌他点大粪！

张静斋　他又不是吃了砒霜！

报子甲　小的倒有一个拙见，不知行得行不得？

张静斋等　快快讲来！

报子甲　范老爷可有最怕的人？他只因欢喜很了，痰涌上来，迷了心窍，如今只消他怕的这个人来打他一个嘴巴，说："这报录的话都是哄你，你并不曾中。"他吃这一吓，把痰吐了出来，就明白了。

邻人们　（乱哄哄地）这个主意好得紧，妙得紧！范老爷最怕的，就是胡老爹了！

胡屠户 　我可不敢做这个事！他虽然是我女婿，如今做了老爷，就是天上的星宿了。天上的星宿是打不得的！我听得斋公们说：打了天上的星宿，阎王就要拿去打一百铁棍，发在十八层地狱，永世不得翻身。我可不敢做这样的事！

邻人们 　得了吧！胡老爹！你每天杀猪，白刀子进去，红刀子出来，阎王也不知叫判官在簿子上记了你几千条铁棍。就是添上这一百棍，也打什么要紧！只怕把铁棍子打完了，也算不到这笔账上来。说不定你救好了女婿的病，阎王叙功，从地狱里把你提上第十七层来，也未可知！

胡屠户 　我可不敢打这一巴掌，杀了我也不敢！

报　子 　胡老爹，你要权变一权变。

范　母　　亲家，你要救小儿一救哇！

胡　氏　　哎呀爹爹，你要救他一救啊！

卜修文　　胡胖子！范老爷若是久疯不醒，将来
　　　　　上司怪罪下来，我就拿你是问！

张静斋　　胡屠户！你要是打这一巴掌，你女婿
　　　　　就是个老爷，你就是老爷的丈人；你
　　　　　要是不打这一巴掌，你女婿就当不成
　　　　　老爷，你这个丈人也就得不着什么，
　　　　　你是打与不打！

胡屠户　　……（意决）给我来碗酒喝！（自厨
　　　　　子担头取酒坛，倒酒）

张静斋　　啊，老伯母！范年兄若是醒了，小侄
　　　　　带来贺仪五十两，送与范年兄暂时花
　　　　　用。府上的房屋，过于简陋，小侄有
　　　　　空房一所，三进三间，就在东门大
　　　　　街，范年兄醒来，请即刻搬去安住，
　　　　　明日本县官绅就要前来拜访。范年兄
　　　　　若是思念旧地，小侄在贵庄有三十亩

薄田，就是关清、顾白所种，就送与
范年兄吧。

卜修文　小侄备得一席酒，范年兄若是醒来，
正好就到新居一贺。

〔胡屠户边听，边倒酒，喝酒，连喝
三碗，挽袖。

范　母　哎呀，张老爷！小儿他会醒转来么？

〔范进由下场门上，关清、顾白追上。

范　进　（唱）天上有座九曲桥，

昆仑山头白云高，

东海日出红杲杲，

万古飘飘一羽毛。

报子/邻人们　来了！来了！

范　母　啊亲家！你只可吓他一吓，不要将他
打伤了！

卜修文　你要打得重些，打轻了就治不了他
的病！

张静斋　你只管大胆地去打！

〔胡屠户两次冲下，退回；卜修文等为鼓勇，胡屠户毅然冲上。

胡屠户　该死的畜生！你中了什么！

〔胡屠户一掌打去，范进摔倒，关清、顾白接住；范母、胡氏急奔近来；一时之间，万籁俱寂，静场——能保持多久就保持多久。

〔范进醒。

范　进　（顾视）我怎么坐在这里？

范母等　好了！（场中顿时轻松）

胡屠户　（觉得手疼起来，把个巴掌仰着，再也弯不过来，急呼）哎呀！我的手！我的手！哎呀！阎王老爷！这可不是我要打的啊，我怎么也不敢打天上的星宿啊！是他们逼着我打的啊！

张静斋　哏！

胡屠户　是是，我不嚷嚷！不嚷嚷！（悄悄从腿上揭下一张膏药贴在手上，甩手，

　　　　　　　　　（轻说）哎，好一点啦！

范　　进　　我这半日，昏昏沉沉，如在梦里一般。

报子/邻人们　　范老爷，恭喜你高中了。刚才
　　　　　　　是引动了痰，现在好了！

范　　进　　是了！我也记得中的是第七名。

　　　　　　　〔胡屠户近前，范进畏却。

胡屠户　　贤婿老爷！方才不是我敢大胆，是您
　　　　　　老太太要我来劝您的！

张静斋　　来！

　　　　　　　〔车、马齐上。

张静斋　　与范老爷更衣！

　　　　　　　〔范进更衣。

胡屠户　　（对关清、顾白及邻众）我常说，我
　　　　　　的这个贤婿才学又高，品貌又好。想
　　　　　　当初，我小女在家长到三十多岁，多
　　　　　　少有钱的富主要和我结亲，我都不肯，
　　　　　　我觉得女儿像有些福气，要嫁个老爷，
　　　　　　今日果有其然！不瞒你们说，我小老

179

这一双眼睛却是认得人的！哈哈……

〔范进更衣时摘下头巾，先由张静斋
接着，张静斋交与卜修文，卜修文交
与魏好古，魏好古交与顾白。顾白拿
着头巾，犹如拿着一条死蛇。

张静斋　关清、顾白，见过你家范老爷！

〔范进不知所措。

张静斋　请范年兄上马！

范　进　（问范母）母亲，我们要往哪里去啊？

张静斋　到了那里，自然知道。蹩行者！

〔张静斋、范进、范母、胡氏、卜修文、
魏好古、报子等下，最后胡屠户下。

〔台上剩关清、顾白及众邻人。顾白
掷头巾于地。

关　清　（与顾白等一视，轻叹）唉！

（全剧完）

（初刊于一九五七年）

小翠

——故事取材于《聊斋志异 · 小翠》

人物：

王　煦　老生

夫　人　老旦

王元丰　丑——小生

小　翠　花旦

老　妇　彩旦

王　濬　净

张　济　方巾丑

淮南王　武小生

八　哥　丑

丫　鬟　花旦

皇　帝　丑

张琼英　青衣，由饰小翠同一演员扮演

家院、门官、中军、龙套、武士等

场次：

幕前致语

第一场　叹朝嗟痴

第二场　惜狐狐化

第三场　送女聘媳

第四场　奸表佞谋

第五场　抛球串戏

第六场　下书装王

第七场　饰姑演帝

第八场　闹朝抽身

幕前致语

　　　〔八哥上，至大幕前，拱揖。

八　哥　诸位观众请了！

　　　　今儿我们演的这出戏，戏名是"小

翠"，本事出于前代先辈蒲松龄蒲老先生的"聊斋"。这个戏说的是一家太师、一家御史、一个傻小子，还有一个狐狸的事儿，少不了自然还有皇上、将军、丫头、院公，还有我这个僮儿八哥。戏编得开门见山、单刀直入，前面并无铺垫闲文，开场即是正戏。所以要请诸位压静一点，免得开头没听明白，到后来摸不清头绪，倒显得是我们交代不到。诸位落座压言，请看这一出花团锦簇的热闹戏文。正是：

> 戏场纷纷小天地，
> 天地茫茫大戏场，
> 是非善恶终有报，
> 嬉笑怒骂皆文章！

开场喽！

〔八哥由幕边下，起开场锣鼓。

（如前场有垫戏，或剧场秩序甚好，
此"致语"即可不用。）

第一场　叹朝嗟痴

〔王煦、夫人上。

王　　煦　（念）权奸塞路臣惊恐，

夫　　人　家有痴儿母担忧。

王　　煦　唉！

夫　　人　老爷今日下朝，为何这等烦恼？

王　　煦　只因淮南王远征塞外，士卒饥寒，迭
　　　　　次派人，催索粮饷。不想太师王濬当
　　　　　殿奏本，言说淮南王劳师动众，未立
　　　　　战功，久拥重兵，有不臣之心，不宜
　　　　　再增粮饷，请将此项粮银，为万岁修
　　　　　造藏娇金屋一所，即命工部侍郎张济
　　　　　主持修建之事。老夫身为御史，一时
　　　　　气愤难忍，出班奏道：淮南王谋反，

未有确证，且请稍增粮饷，以观后
效。不想王濬含血喷人，言说老夫此
议，乃是阴为淮南王臂助，莫非与淮
南王有同谋不轨之意！

夫　人　不知圣意如何，可曾降罪于你？

王　煦　万岁准了王濬之本，道我年迈昏庸，
妄奏多言，倒也不曾降罪。

夫　人　既然不曾降罪，老爷为何烦恼？

王　煦　夫人哪里知道：那王濬乃是阴险嫉刻
之人，巧于罗织构陷。今日之事他岂
肯甘休？诚恐日后他要暗算于我。欲
加之罪，何患无词。啊呀夫人哪，老
夫的处境是危乎呀，殆乎！是非只为
多开口，总怪我多口、多口！

夫　人　唉！

王　煦　夫人又因何而烦恼？

夫　人　想你我已是年迈之人，膝下只有一
子，取名元丰，不想他幼年得下痴呆

之症，今年已有一十六岁，连个公鸡母鸡都分不清楚，这便如何是好？

王　煦　天哪！天！想我王煦，幼读孔孟之书，长行周公之礼，虽未能立德立言，并不曾做过什么伤天害理之事，怎么竟落得这般光景！

夫　人　妾身倒有个拙见在此。

王　煦　夫人有何高见？

夫　人　不如早日与他完婚。与他冲冲喜，他那心里开了窍，只怕这痴呆之症嘛，也就好了。

王　煦　夫人再休提起与我儿完婚之事！

夫　人　却是为何？

王　煦　想那张济，乃是老夫故友，屡经老夫举荐，做了工部侍郎，是他感恩图报，愿将他女琼英，许配元丰为妇。不想他如今爬上高枝，做了王太师的心腹，他呀，过了河，拆了桥，把老夫的提拔之情，可就忘了个干干而净净。

夫　人　莫非他有悔婚之意？

王　煦　正是有悔婚之意！

〔家院上。

家　院　工部侍郎张老爷有书信到来。

王　煦　他的书信来了！呈上来！

（拆书，唱）

　　　　　上书张济顿首拜，

　　　　　拜上了御史老兄台，

　　　　　当年曾经蒙错爱，

　　　　　指腹为婚配和谐；

　　　　　都只为令贤郎痴名在外，

　　　　　怕只怕耽误了闺中裙钗，

　　　　　因此上请退婚事出无奈，

　　　　　望兄台多原宥莫要介怀！

（白）夫人，当初两家订婚的金锁现在何处？

夫　人　现在身旁。

王　煦　取了出来。

夫　人　我儿痴名在外，若是退了婚姻，哪里
　　　　再去讨得一房媳妇？不与他！

王　煦　强扭的瓜儿不甜，取了出来吧！

　　　　〔夫人取出金锁。

王　煦　下书人哪里？

家　院　现在门外。

王　煦　对他言谈，老爷无兴修书，现有两家
　　　　订婚金锁，叫他拿了回去！这是哪里
　　　　说起！

　　　　〔家院下。

夫　人　唉！

　　　　〔八哥上。

八　哥　启禀老爷、夫人，公子他抱了个狐狸
　　　　来了。

王煦/夫人　你待怎讲？

八　哥　小人适才与公子在后花园玩耍，见那

188

后山墙边，太湖石上，卧着一只小小狐狸，正在酣睡未醒，不想隔壁王太师的公子爬在树上，远远看见，是他手执弹弓，弓开满月，弹出流星，一弹子打中狐狸。那狐狸睡梦之中，受了弹伤，扑溜溜就摔了下来，摔得晕了过去。我们公子，一眼看见，欢喜非常，上去一把就给抱住了，他说那是一只猫。公子平日，虽然有些痴呆，见了小猫小狗，可是没了命的喜欢。他得了这么个稀罕的小猫，可就再也不肯撒手了；小人叫他丢过墙去，给了王太师的公子，再不打死它，扔了它，放了它，他是说什么也不干，您瞧，他来啦！

〔王元丰抱一小狐狸上。

王元丰　猫！猫！

王　煦　元丰！

王元丰　爹！猫！

夫　人　我儿！

王元丰　妈！猫！

八　哥　公子，这不是猫，你瞧，这是个大尾巴！

王元丰　大尾巴猫！

八　哥　它是个尖嘴！

王元丰　尖嘴猫！

八　哥　得！认死理儿！说什么它也是个猫！猫！猫！猫！得儿猫定啦！

王　煦　元丰！此乃是狐狸，并非是猫，还不快快放下！

王元丰　唉！不！

夫　人　快快放下！

王元丰　唉！不！

王　煦　再不放下，为父就要责打了！

王元丰　（哭）唉嘻嘻嘻！

夫　人　小小一个狐狸，料无大害，就让他养活几日吧!

王元丰　妈! 好! 我走啰! 喂我的尖嘴大尾巴猫去了!

　　　〔元丰雀跃而下,八哥随下。

王　煦　家门不幸,生此痴呆之子,真正叫人没兴!

夫　人　老爷休要愁烦,后堂歇息去吧!

王　煦　唉!

　　　〔同下。

第二场　惜狐狐化

　　　〔元丰抱狐狸上,以裀褥承之,用新绵细布为之裹伤,饮之以水,食之以饭。

王元丰　七(吃)! 七! 你不七? 噢! 你不七饭,你七鱼! 我给你去找鱼!

　　　〔元丰下。火彩,狐化小翠。

小翠　（唱）

（"绕地游"）青烟摇漾，现出娇娘
相，与琼英宛然无两。

（"步步娇"）适才间，酣眠湖山
上。花影悬如帐，风过遍体
凉。一弹飞来，酸疼难抗。蓦
地最难防，扑溜溜，直向尘
埃撞。

（"好姐姐"）多亏了，元丰痴郎，
惜残生，持归护养。新绵如
霜，殷勤为裹伤。也堪想，椿
萱爱子从伊望。点水深恩须
报偿。

〔小翠拍手，火彩，幻出老妇。

（"忒忒令"）（老妇唱）点水深
恩须报偿，要一个婆婆相傍。
（小翠接唱）共你乔扮，似祖
孙模样。（合）要与他惩儡

仇，降嘉祥，人海里，去兴风
作浪。

（"尾声"）（小翠）嬉笑风生本
擅场。（老妇）了却一篇恩仇
账。（合）安排深阱诱豺狼。

〔小翠、老妇幻下，王元丰持鱼上。

王元丰　鱼来啰！鱼来啰！猫呢？我的猫呢！
猫没啦！咬嘻嘻嘻！

第三场　送女聘媳

〔丫鬟引夫人上。

夫　人　（引）痴儿婚事，叫为娘，常挂心头。
自从张济修书退婚以来，老身为了元
丰的婚事，昼夜萦怀。也曾派出媒婆，
四出提亲。家家都道元丰痴呆，不肯
应允，眼巴巴王门的香烟就要断绝了，
这便如何是好！

〔王煦执书暗上，家院上。

家　院　启禀老爷、夫人，有一老妇人前来求
　　　　见。言道，她有一孙女，愿许配公子
　　　　为妻。

王　煦　哦，有这等事？（置书于案）

夫　人　快些有请！

家　院　有请老婆婆！

　　　　〔老妇上。

老　妇　见过老爷、夫人。

夫　人　这一婆婆何事相见？

老　妇　老身虞氏，就在后山居住，只因连年
　　　　荒旱，难以度日，有孙女小翠，年已
　　　　二八，愿嫁与贵府公子为妻，倘得应
　　　　允，全家感恩不尽。

夫　人　你那孙女现在哪里？

老　妇　我把她也带来啦，您二位看看，是中
　　　　意呀还是不中意。小翠！呦，这孩子，
　　　　一眨么眼的工夫，哪去啦？小翠！

小　翠　（内应）哎！

老　妇　你在哪里？

小　翠　（内应）我在这儿哩！

老　妇　（抬眼）嗨！这孩子，怎么进门来就
　　　　爬上大树上去啦！快下来，见过你的
　　　　翁姑！

小　翠　（内应）来啦！

　　　　〔小翠上。

小　翠　（唱）枝丫上打秋千轻衫微汗，

　　　　　　　又听得祖母唤声出堂前，

　　　　　　　笑咯咯秋波闪微睨偷看，

　　　　　　　哟！见厅上端坐着一位送子
　　　　　　　娘娘，

　　　　　　　还有一位大老官！

　　　　（白）奶奶！我给您掐了一朵花来
　　　　了。您转过脸去，我给您戴上。您
　　　　瞧，白发红花，好像雪地上托着一个
　　　　红太阳，多好看呀！

老　妇　真正顽皮！快快拜见你的翁姑！这就
　　　　是你的公公！

小　翠　您跟人家都说好了吗？——啊，那就
　　　　是爹爹，爹爹万福！

王　煦　罢了！

老　妇　这就是你的婆婆！

小　翠　啊，这就是妈妈，妈妈万福！

夫　人　起来起来！（执小翠之手上下打量）
　　　　这个女孩长得好！

王　煦　长得好！

夫　人　她的眉眼好！

王　煦　眉眼好！

夫　人　头发好！

王　煦　头发好！

夫　人　手也好！

王　煦　手也好！

夫　人　脚也好！

王　煦　呃，好——好！

夫　人　怎么看来如此面熟，好像在哪里见
　　　　过呀？

王　煦　呃——是像在哪里见过。在哪里见
　　　　过，在哪里见过呢……

夫　人　你叫什么名字？

小　翠　我叫小翠！

夫　人　今年多大了？

小　翠　十六啦！

　　　　〔小翠见案上书，急取翻阅。

王煦/夫人　你翻些什么？

小　翠　我看看这里边有花儿样子没有，我好
　　　　给爹爹绣一个褡裢荷包，给妈妈绣一
　　　　双见面的花鞋啊！

王煦/夫人　（情不自禁）哈哈哈……

小　翠　妈妈，他呢？

老　妇　哪个他呀？

小　翠　您不是说给我们找一个小女婿子吗？
　　　　就是那个他呀！

老　妇　噢，少时你就会见到了。

小　翠　我们的洞房在哪儿呀？

夫　人　这东厢的配房，装修齐整，正好做洞
　　　　房之用。

小　翠　那么我们就去打扮打扮，好跟我们的
　　　　小女婿子拜天地，完花烛呀！

　　　　（唱）绣房走去把新娘扮，

　　　　　　　无边春色镜中添，

　　　　　　　大姑娘出门乃是头一遍，

　　　　　　　我待要揉胭脂，匀粉面，点朱
　　　　　　　唇，画远山，头上青丝如墨
　　　　　　　染，花钿斜插鬓云边，翩翩蛱
　　　　　　　蝶穿裙裥，袅袅金凤绕珠冠，
　　　　　　　耳边瑞云仙乐伴，看我婷婷拜
　　　　　　　堂前，姑舅亲朋齐声赞，恰便
　　　　　　　是天孙织女降尘凡。

　　　　〔小翠下，丫鬟随下。

王煦/夫人　（又情不自禁）哈哈哈……

老　妇　老爷、夫人喜笑连声，想必跟这孩子有缘，您啦要是不嫌弃，就把她留下来吧。

夫　人　但不知要多少聘礼身价？

老　妇　嘻！这孩子跟着我，吃糠都不得一饱，到了这儿来，住的是高楼大厦，吃的是海味山珍，呼奴使婢，这就足矣了。这又不是卖萝卜白菜，还要论个价，什么都不用！我们小家户，也备不起个嫁妆，干脆，两免了吧！我家里还有许多事，一架子扁豆，还没人摘哩！您啦要是没有什么吩咐的，老身就要跟您告假，我要先走啦！

王　煦　如此命车备马，送你回去。

老　妇　嘻！这么几步路，哪里就把脚走大了呢？我们庄户人家，上哪儿都是大脚片子，地下走——留着车马还要下地干活哩！不用不用，一概都不用，老

爷夫人稳坐，老身告辞了！三朝之后，
要是家里事不忙，腾得开身子，我就
再来看看。请回吧，回见啦！（下）

王　煦　恕不远送了！——这个老妈妈倒也爽
快有趣得紧！——啊呀，你这老糊
涂，也不问问人家家住哪里！

夫　人　啊呀是啊！喜得我什么都忘记了！婆
婆转来，婆婆转来！走远了！也罢，
三日之后再问吧！妾身正在发愁，天
与我送来一个媳妇，这就好了！这就
好了！

〔丫鬟上。

丫　鬟　启禀老爷、夫人，那一女子，进得绣
房，梳洗打扮好了，就要与公子拜堂
成亲哩！

夫　人　这个小姑娘，倒大方得很。事不宜
迟，丫鬟，吩咐八哥，与你家公子穿
戴起来，即刻与虞家小翠成亲。

王　煦　喷慢来慢来，如此草率成事，岂不被
　　　　人耻笑？

夫　人　早一刻娶媳妇，就早一刻抱孙儿，说
　　　　什么旁人耻笑，此事由不得你！

王　煦　好好好，但凭于你！
　　　　〔奏乐，家院、丫鬟扶元丰与小翠拜
　　　　堂，八哥赞礼如仪。元丰懵懵懂懂，
　　　　不知牵纱，对小翠极感惊奇，左右端
　　　　详，目中流露爱抚，如小儿初见一极
　　　　为可爱的小动物，喜不自胜，忘其所
　　　　以。八哥频念"送入洞房！送入洞
　　　　房！"元丰浑如未闻。小翠乃揭开盖
　　　　头偷看，以盖头覆元丰顶以纱牵之，
　　　　元丰随之，行步如小驴子，口口作驴
　　　　鸣，小圆场下，乐止。

夫　人　我的心都提到嗓子眼里来了！看来这
　　　　个小姑娘对元丰并无嫌厌之意，阿弥
　　　　陀佛！

王　煦　此事忽然而来，出于望外，是福是
　　　　祸，尚未可知，只恐烦恼在后啊！

夫　人　我把你个老天杀的，大喜的日子，说
　　　　此不祥之言，真正令人丧气！

王　煦　夫人莫要生气，老夫不说，也就是了！

夫　人　这便才是！

王　煦　如此夫人！

夫　人　老爷！

王　煦　随我来呀！哈哈哈……

　　　　〔下。

第四场　奸表佞谋

　　　　〔王濬上。

王　濬　（引）官居首相，蒙恩宠，独掌朝权。

　　　　（诗）炙手可热势绝伦，

　　　　　　　翻手为雨覆手云，

　　　　　　　收尽公卿归股掌，

　　　　独恨淮南小将军!

老夫，王潛，官居首相。掌朝以来，
深荷圣恩，言听计从。满朝文武，全
都惧怕老夫三分。只有淮南小王，自
恃功高，素与老夫不睦。老夫切齿衔
恨，时刻在怀。如今他远征塞外，士
卒饥寒，老夫乘其危难，断了他的粮
饷。管教他全军覆没，阵前身亡。就
是不死，也要问罪天牢。深仇得报，
好不快意人也。可恨御史王煦，当殿
为他辩解，险些坏了老夫计谋。若不
惩治于他，焉能威服群臣? 张济来时
叫他筹划便了。

正是:

　　　　克敌要在千里外，

　　　　杀人何须血刃刀!

〔家院上。

家　　院　　工部侍郎张济有机密大事求见。

王　潴　有请！

家　院　有请！

　　　　　〔张济上，家院下。

张　济　（念）附势趋炎是惯家，

　　　　　　　　每日三朝宰相衙，

　　　　　　　　但得眼前真富贵，

　　　　　　　　旁人笑骂且由他！

　　　　　见过太师！

王　潴　请坐！

张　济　告坐！

王　潴　张兄来得正好，与老夫想个计谋，惩
　　　　治那王煦。

张　济　惩治王煦，这有何难！只是——啊，
　　　　太师，可曾闻知淮南王之事？

王　潴　他，阵亡了？

张　济　不曾。

王　潴　兵败了？

张　济　也不曾！

王　濬　他他他怎么样了？

张　济　他就要回朝来了！

王　濬　怎么讲？

张　济　只因边城民户毁家纾难，屯田将士勠力同心，那淮南王他也用兵有方，他未曾因为饷尽而溃败，倒打了一个大大的胜仗。目前正在塞上陈兵耀武，不日就要回朝来了！淮南王回朝，少不得就要问起军饷不济之事。

王　濬　老夫就说府库空虚，无有粮饷。

张　济　不怕旁人多口？

王　濬　满朝文武，他们哪个敢讲？

张　济　只恐御史王煦有些个不识时务！

王　濬　啊呀这这这……

张　济　下官倒有一计。

王　濬　有何妙计？

张　济　淮南王不日就要回朝，目前摆布王煦有些个措手不及。太师不如修书一

封，请那王煦老儿过府饮宴。在酒席
筵前，用言语笼络、威吓于他，软硬
酸咸，交参而用，暂且将他稳住。等
待风浪稍平，事过境迁，再寻个罪
名，重则将他处死，轻则将他贬谪远
恶州郡，叫他老死他乡，永绝后患，
太师你看如何？

王　潘　唔，暂且只好如此，待我修书。（修书）

〔家院暗上。

王　潘　过来！将此书信下在隔邻王御史府
中，不得有误！

家　院　遵命！

〔家院下。

王　潘　多烦张兄指教，后堂饮酒！正是：
举棋布局分先后，

张　济　何妨屈己宴佳宾。太师请！

王　潘　请！

〔同下。

第五场　抛球串戏

〔王煦上。

王　煦　（唱）王濬请我去饮宴，

　　　　　　倒叫老夫作了难。

且住！王濬老儿有书信到来，请我过
府饮宴，分明是要笼络于我。老夫清
白自守，岂能与他同流合污，这场酒
宴，我是不去的，待我走了回去！

（唱）任你垂下金钩钓，

　　　　鳌鱼岂肯把食贪！

啊呀且住！我若是悍然不去，太师的
脸面何存？旧恨新嫌，他岂肯放过于
我？还是与他敷衍一回。吃了一场酒
食，未必就是卖身投靠于他了。我还
是去去的好，去去的好！

（唱）出淤泥，而不染，

　　　　混俗和光且自全。

　　　　　　我著此常服，岂可赴宴，待我去至后

　　　　　　面，改换衣巾。

　　　　　　〔王煦下。

小　　翠　　（内白）痴郎、元丰，丫鬟，八哥，

　　　　　　咱们玩来呀！

　　　　　　〔小翠上。

小　　翠　　（唱）昨日犹是闺中女，

　　　　　　　　　　今朝已成新嫁娘。

　　　　　　　　　　都说道王元丰是一个呆张敞，

　　　　　　　　　　我看他浑璞天真性温良。

　　　　　　　　　　且喜得翁姑慈祥，一家和畅，

　　　　　　　　　　调羹不待小姑尝。

　　　　　　　　　　你看那草长莺飞，桃舒柳放，

　　　　　　　　　　困人天气日初长，

　　　　　　　　　　针线慵拈懒把妆台傍，

　　　　　　　　　　且来嬉戏趁春光。

　　　　　　嗨，我说你们都出来呀！

　　　　　　（内白）来啰！

〔八哥、丫鬟上，元丰骑竹马上。

小　翠　咱们今儿玩什么呢?

八　哥　咱们放风筝!

小　翠　没风!

丫　鬟　抓子儿!

小　翠　吼（阴平）脏的!

八哥/丫鬟　那玩什么呢?

小　翠　咱们抛球玩!

王元丰　抛球! 好!

小　翠　丫鬟，你去取球去!

丫　鬟　哎!

　　　　　〔丫鬟下。

小　翠　咱们把衣裳扎巴扎巴!

　　　　　〔丫鬟持球上，小翠接球，共戏舞。

小　翠　（唱）普天乐，天下圆，

　　　　　　　　抛球蹴鞠自古传。

　　　　　　　　鸳鸯拐，玉连环，

　　　　　　　　善女跌拜莲台前。

花旁楼前舞胡旋，

太真含笑水晶帘。

翻腾倏忽流星闪，

宛转腰肢赛小蛮。

〔王煦上。

王　煦　饭时已到，待我赶去赴宴！

〔小翠以球摇元丰，作势令掷王煦。

王元丰　爹！球！

〔王煦猝不及防，一球訇然而来，正
中头面，摔倒在地。爬起时，右眼青
了一圈，纱帽失去一翘。小翠急至其
身后拣起帽翘，与丫鬟、八哥下。元
丰睹乃翁之神态而大乐，憨跳不已。

王元丰　爹！眼！青！哈哈哈……

〔王煦抚其右眼。

王元丰　爹！帽！翅！哈哈哈……

〔王煦手摸帽翘，发现失去一只，满
地寻找，不得，大气，气得一只单独

210

的帽翅乱颤。元丰犹在憨笑，王熙气
急，抓起元丰的竹马痛责之。

王　　熙　（唱）帽翅儿不成双，

　　　　　　　　　眼上又青伤，

　　　　　　　　　痴儿不解事，

　　　　　　　　　憨笑在一旁，

　　　　　　　　　怒冲冲将儿打……

王元丰　　妈！打我！唉嗟嗟……

　　　　　〔小翠急挽夫人上，拉住。八哥、丫
　　　　　鬟后随。

夫　　人　（唱）痛坏了儿的娘！

　　　　　　为何责打元丰？

　　　　　〔王熙一语不发，示以眼伤、帽翅、
　　　　　地下球。

夫　　人　小小一个帽翅儿，能值几何，慢慢寻
　　　　　找，也就是了，这眼上的青痕，将养
　　　　　两日，也就消退了，何消如此生气？

王　　熙　你看我这个样儿，是怎样地前去赴

宴哩？

夫　人　啊呀是啊……哎！天色也不早了，
　　　　就是去，也误了，还是回房将息去
　　　　吧！改日见了王太师，告个罪儿也就
　　　　是了！

王　煦　唉，这是哪里说起！

夫　人　回房去吧！

　　　　〔王煦愤然将球踢入场内，下，夫
　　　　人下。

王元丰　唵嗐嗐……

小　翠　别哭啦，打疼了哪儿没有？

王元丰　唵嗐嗐，疼！

小　翠　（为之搓揉）得啦得啦，别哭啦！回
　　　　头到屋里我给你枣吃。

王元丰　（破涕为笑）枣！

小　翠　还有大鸭梨！

王元丰　大鸭梨！

小　翠　咱们走！

王元丰　（指球去处）球！

小　翠　爹把球踢到场外头去啦，咱们不玩球
　　　　啦。咱们唱戏玩！

八哥/丫鬟　唱戏？好！

王元丰　好！

　　　　〔圆场，元丰骑竹马后跟。

小　翠　（唱）戏场纷纷小天地，

　　　　　　　天地茫茫大戏场，

　　　　　　　粉墨中有许多惩劝褒奖，

　　　　　　　痴儿女假搬演谁识行藏。

　　　　这个地方挺宽展，离上房又远，也吵
　　　　不着老爷和老夫人，咱们就在这儿
　　　　唱吧！

八哥/丫鬟　就这儿吧！

小　翠　慢着，那不是老院公来了吗？

　　　　〔家院上。

家　院　老爷未见出门赴宴，王太师派人催请
　　　　来了。老奴前去禀告老爷。

小　翠　　老院公，您急急忙忙，要上哪去呀？

家　院　　哦，原来是少夫人。王太师派人催请
　　　　　老爷赴宴，老奴前去禀告。

小　翠　　您甭去啦！老爷病啦！

家　院　　好端端地得了什么病症？

小　翠　　他得的乃是眼病。你去告诉来人，老
　　　　　爷偶得眼病，不能前去赴宴。老爷说
　　　　　啦，就是不病，他也不去。不但今儿
　　　　　不去，他从今往后，这一辈子也不会
　　　　　到王太师家吃酒，他们家酒里有蒙
　　　　　汗药。

家　院　　哦，是是是！

　　　　〔家院下。

小　翠　　且住！我公爹因被球伤，未能前去赴
　　　　　宴。那王潴老儿，必然另生诡计，要
　　　　　想陷害于他，这——我自有道理！你
　　　　　想杀人，我就给你把刀！我说咱们
　　　　　别管他们唱什么戏，咱们还是唱自

　　　　己的！

丫鬟/八哥　咱们唱什么哩？

小　翠　是呀，唱什么呢？

八　哥　咱们唱《巴骆和》！

小　翠　没刀！

丫　鬟　咱们唱《十三妹》！

小　翠　没弓！

八哥/丫鬟　要不咱们唱《得意缘》！

小　翠　没镖！

八哥/丫鬟　那唱什么呢？

小　翠　咱们唱《西厢记》！我唱红娘！八
　　　　哥，你会唱什么？

八　哥　我？我会唱《惠明下书》！

小　翠　好极了！丫鬟，你会什么？

丫　鬟　我就会唱中军。

小　翠　《西厢记》哪有个中军啊？——好
　　　　吧，你待会儿再唱。咱们谁先唱？

八哥/丫鬟　您先唱！

小　翠　我先唱就我先唱

　　　　〔小翠唱红娘"小姐小姐多丰彩"

　　　　一段。

小　翠　唱得好不好？

八哥/丫鬟/王元丰　好！

小　翠　该你的《惠明下书》啦！

八　哥　您得给我来一个长老，前头给我领一

　　　　句白，要不我张不开嘴！

小　翠　叫我来个老和尚？好来，老和尚就老

　　　　和尚！张秀才著你寄信去蒲关，你敢

　　　　去么？

八　哥　（唱"倘秀才"）

　　　　　　　你那里问小僧敢去也那不敢，

　　　　　　　我这里启太师用俺也不用俺。

　　　　　　　你道是孙飞虎将声名播斗南；

　　　　　　　那厮能淫欲，会贪婪，诚何

　　　　　　　以堪！

小　翠　你当真敢去下书吗？

八　哥　敢!

小　翠　如此八哥听令! 这有书信一封,命你乔装改扮,下在王太师府中,不得有误!

八　哥　您等等,《西厢记》有这个词儿吗? 咱们这是演戏哩还是玩真的哩?

小　翠　说是演戏就是演戏,说是真的就是真的! 这叫作真真假假,假假真真,戏中有戏,真假难分!

八　哥　嗨,您瞧哎,不对呀! 这信封上写的是我们老爷的名讳,干吗要下在王太师府中啊?

小　翠　这你就甭管啦! 你就说你敢不敢去吧!

八　哥　要是出了事哩?

小　翠　都有我哩!

八　哥　有少夫人! 行! 我长这么大还没有不敢做的事哩,您就交给我啵! 将书来,您等回音者!

（唱"收尾"）

　　　　您与我助威风擂几声鼓，

　　　　仗佛力呐一声喊。

　　　　绣旗下遥见英雄俺，

　　　　我教那半万贼兵唬破胆！

〔八哥下。

小　翠　丫鬟！你不是要唱中军吗，这回我就
　　　　叫你扮一个中军。别忙，咱们先去休
　　　　息一会儿，待会儿接着再唱！

王元丰　我哩？

小　翠　有你的事！我叫你扮一个顶大顶大
　　　　的？走，咱们下去扎扮扎扮去！

　　　　（唱）随心应手布疑阵，

　　　　　　　游戏何妨假作真，

　　　　　　　设计请君来入瓮，

　　　　　　　要惩人间奸佞臣！

〔下。

218

第六场　下书装王

〔王濬、张济上。

王　濬　王煦老儿托病推辞，不来赴宴，其情
　　　　可恼！

张　济　如此绝人太甚，其中必有缘故！

王　濬　唔——

　　　　〔家院上。

家　院　下书人求见。

王　濬　传上堂来！

家　院　下书人上堂！

　　　　〔八哥挂髯上。

八　哥　（用韵白）叩见老大人！

王　濬　你奉何人差遣？

八　哥　淮南王差遣。

　　　　〔王濬与张济作眉眼。

王　濬　书信下与何人？

八　哥　王大人。

王　濬　哪个王大人？

八　哥　乌衣巷王大人。

王　濬　什么官讳？

八　哥　御史王煦。

〔王濬与张济作眉眼。

张　济　上面就是王大人，书信呈上！

〔张济接书，交王濬，王濬看书失色。

王　濬　告诉你家王爷，书信收到，修书不及，照书行事。下去。

八　哥　哦是是是！（背供）这老小子，真能蒙啊！嗨！不定谁蒙了谁哩！

〔八哥下。

张　济　淮南王的书信讲些什么？

王　濬　（读信）"一别尊颜，已有数载。弟幸赖军民将士之力，扫平敌虏，指日班师回朝，与兄共商大事。把晤在即，不胜翘盼，诸惟珍重不宣。"幸亏王煦老儿，不曾前来赴宴，这封书信，才能错投本府，落在老夫手内。

张　济　请赐下官一看！（详察书信）图书鲜明，字迹无二，果然是淮南王亲笔所写。（速念书文）怪不道前次王煦当朝为淮南王缓颊呈辞，今日又托故不来赴宴，原来他与那淮南王暗中已有来往。这书中的言语，与太师大有干系。自古道先下手为强，后下手的遭殃，太师你，你要想个釜底抽薪法儿扳倒他二人才好！

王　濬　张兄有何妙策？

张　济　啊呀，这仓促之间，我也想不出主意！

〔家院持帖急上。

家　院　淮南王有名帖来拜！

王　濬　怎么他他他倒来了？

张　济　先去抵挡一阵，礼数不可有亏！

王　濬　吩咐更衣，说我出迎！

〔王濬、张济急下。

家　院　　家爷出迎！

〔小翠扮淮南王，丫鬟扮中军，四龙
套、四大铠引上。

小　翠　　（唱）到人间阅尽了酸辣甘辛，

朝堂上无非是夺势争名。

贼王潜逞私欲贪婪成性，

惑昏君欺群臣蟹走横行。

老公爹处两难犹豫不定，

履荆棘临深渊战战兢兢。

因此上寄俳优把奸佞戏惩，

卸钗环换戎衣咤叱风生。

蟓首蛾眉芙蓉面，

化作淮南粉将军。

头上盔缨红似火，

匣中宝剑赛寒冰，

战马嘶腾蛟龙性，

旌旗飘展画麒麟，

人马簇簇相呼应，

朱雀桥边甲胄明，

燕子归来日将暝，

前站不走为何情？

丫　鬟　禀王爷，已到乌衣巷王大人府门。

小　翠　上前搭话！

丫　鬟　淮南王驾到！

〔王濬急上。

王　濬　不知千岁驾到，臣迎接来迟，望乞
　　　　恕罪！

小　翠　（以袖障面）你是何人？

王　濬　丞相王濬。

小　翠　（对中军）本藩拜访的是王御史，哪
　　　　个要拜望王太师，你们怎么将本藩引
　　　　到这里来了？转驾！

丫鬟等　转驾！

王　濬　送千岁！

小　翠　免！

王　濬　咋！……

〔王濬退下，小翠率众圆场还第。张济潜上，随马后。

小　翠　关了府门！

〔丫鬟关门。张济做手势溜下。

丫　鬟　淮南王驾到！

〔王煦急上，手拿一只纱帽翅，仓促之间，竟戴不上。

王　煦　（低头）不不不知千岁驾到，臣接驾来迟，当面请罪！

小　翠　岂敢岂敢！你我朝堂一别，不觉十有余载，王大人，你的身体可好？

王　煦　仰托千岁洪福，老臣倒也顽健。千岁鞍马困顿，多受辛苦！

小　翠　为国勤劳，何言辛苦！你抬起头来，看看我是何人？

〔王煦抬头。

小　翠　（吐舌做鬼脸）哞儿！

〔小翠急下。

王　煦　啊？

〔王煦瞠目结舌。丫鬟等欲逃下，王
煦拦住。

丫　鬟　为何拦住我的去路？

王　煦　你是何人？

丫　鬟　我乃中军——丫鬟是也！

王　煦　你们做什么去了？

丫　鬟　少夫人领着我们扮了淮南王，到外边
溜达了一回。

王　煦　可曾被人看见？

丫　鬟　别人倒没看见！我们可到隔壁王太师
家里逛了会子，王太师还接了驾哩！
少夫人说："本藩拜望的乃是王御
史，你们怎么将本藩引到这里来了，
转驾！"我们就回来了！老爷，您瞧
我扮得怎么样啊，像一个中军吗？赶
明儿高了兴，我们还许扮皇上玩哩，
热闹还在后头哩！

王　煦　不不不好了！

丫　鬟　呦，这是怎么的啦！

〔丫鬟急下。

王　煦　（唱）小翠做事太荒唐，

竟敢假扮淮南王！

到明天满城风雨沸沸扬扬，百

官卿相，

一个个纷纷言讲——

你叫我怎样置身在朝堂？

〔颠足下。

第七场　饰姑演帝

小　翠　（内白）所议之事，不可泄漏，大人

请回，本藩告辞了！

〔内喝道声。

〔张济欠伸急上，追出数步，远望，

无所见，退回。

张　济　　且住，昨日淮南王走访王濬，是我跟在马后，只见那淮南王进门之后，即刻紧闭了府门。我躲藏在朱雀桥边，侦伺了一夜，只见那淮南王进去，未见那淮南王出来！天色初亮之时，是我一时困倦，不觉倚树而眠，竟睡着了。朦胧之中，听得喝道之声。待我闻声追看，已然不见踪影，这——不免速速报与太师知道！

〔圆场。王濬上。

王　濬　　张济去打探，

未见转回还，

回肠十二转，

须发几根斑。

张　济　　啊呀，太师，事急矣！下官追随淮南王马后，守在朱雀桥边，那淮南王与王濬在府中长谈了一夜，今日天明，才喝道而去，不知他们商谈了什么，太师，只恐于你我大大的不利呀！

王　濬　这这这便怎么办！

张　济　有了，你我不如以探病为名，去至王
　　　　煦家中，观看动静虚实，相机行事
　　　　便了！

王　濬　此计甚好，一同前往！

　　　　（唱）实指望边疆困死淮南王，

　　　　　　　谁料他转败为胜又还乡，

　　　　　　　又谁知他与王煦有来往，

　　　　　　　先投书，后走访，彻夜商量。

　　　　　　　一着错满盘输难以抵挡，

　　　　　　　我只得屈己降尊，过府探病走

　　　　　　　一场。

　　　　到了！上前搭话！

张　济　门上哪位听事？

　　　　〔八哥上，携一放盔头的空圆盒，顺
　　　　手放在案上。

八　哥　哦呵！原来是老太师、张侍郎，您二

228

位来啦！

王　濬　来了！

八　哥　我就知道您二位会来的！

王　濬　啊？

八　哥　昨儿我不是——哦，昨儿王太师不是请我们老爷吃酒来着吗？您二位跟我们老爷有交情，听说您病啦，您二位就来看看您是不是？

王　濬　正是探病来了，快去通禀！

八　哥　我们老爷卧病在床，这会子还没有起床哩，不知道能不能见您二位，我先把老夫人请出来问问。您二位先候着，要是累了，这边有两块怪石。要是渴了，那儿有井！

王　濬　忒以的噜哧了！

八　哥　又噜哧了。又！有请老夫人！

〔小翠扮老夫人上。王濬、张济窃听。

小　翠　（唱）昨夜晚淮南王降宅来访，

　　　　　　与老爷论朝政声辞激昂。

　　　　　　妇人家主中馈把蒸笼倚傍，

　　　　　　到中宵犹不寐递食传汤。

　　　　　　是何人扣朱门铜铺声响？

　　　　　　打叠起老精神且到前堂。

八　哥　启禀老夫人，太师王濬、侍郎张济前

　　　　来探望老爷病体。

小　翠　哦！王濬、张济来了！

　　　　（唱）张济本是旧亲翁，

　　　　　　　太师王濬是芳邻，

　　　　　　　老爷酣睡犹未醒——

　　　　也罢！

　　　　（唱）叫他扶头待嘉宾。

　　　　老爷尚在酣睡，待我走至后面将他唤

　　　　醒，你且请二位大人前堂稍坐，好生

　　　　侍候，不可怠慢了！

八　哥　喳！

小　翠　正是：儿媳日高犹未起，

垂老犹作当家人。

搀扶了！

〔丫鬟扶小翠下。小翠至下场门回头偷望王濬、张济，忽然健步飞奔而下。

八　哥　老夫人请二位大人前堂稍待。

王　濬　前面带路！

〔八哥引王濬、张济至前堂。

八　哥　二位大人请坐，老爷一会儿就出来了。

〔小翠、丫鬟由下场门复上。

小　翠　昨日迎接淮南王之后，何人侍候老爷更衣？

丫　鬟　是八哥侍候的。

小　翠　怎么老爷的衣帽都找不见了，快些叫八哥前来寻找，真正是乱七八糟，若被旁人听见，那还了得！（下）

丫　鬟　八哥，你把老爷的衣帽都搁到哪儿去啦？

八　哥　我摺得好好的，跟淮南王的衣帽一起

放在立柜里的，别是今儿早起淮南王
临行之时，匆匆忙忙，把老爷的衣帽
也给带走了吧！

丫　鬟　老夫人叫你去找找，你快来吧！

八　哥　二位大人虚坐片时，我去去就来。啊
呀，实在是过于简慢了！连茶也没有
顾得上沏！

王　濬　只管请便！

〔八哥下。

王　濬　（唱）淮南王夜访王御史，

　　　　　　　　密语终宵人不知。

　　　　　　　　王煦日高犹未起，

　　　　　　　　看来此事有玄虚！

　　　　且住，王煦与淮南王长谈了一夜，今
日又避而不见，虚实难明，这便如何
是好？

张　济　这这这……

〔内呵殿声。

232

王　濬　啊？

　　　　　（唱）心中正在犯惊疑，

　　　　　　　　　喝殿之声过花枝。

　　　　〔太监以金炉引元丰旒冕衮服上，宫
　　　　女障扇跟随，太监一见有人，扔下金
　　　　炉就跑，宫女偃扇齐溜，只余元丰一
　　　　人，犹在憨立，弄其襟袖。王濬、张
　　　　济见状大惊。稍定，王濬令张济骗取
　　　　其衣冠。

张　济　你不是王元丰吗？

　　　　〔元丰点头。

张　济　啊呀，你这身衣裳可真好啊！

　　　　〔元丰点头。

张　济　咱们商量商量，把你这身衣裳借给我
　　　　穿两天，我给你买个大鸭梨！

王元丰　好！

　　　　〔元丰脱衣帽授张济，张济急急装入
　　　　圆盒内，拿在手中。元丰下，王濬、

张济欲行。元丰复上。

王元丰　大鸭梨，两个！

张　济　两个？好，两个！明儿我就给你送

　　　　来！——快走！

　　　　〔元丰下。王濬、张济急出门。

王　濬　好哇！

　　　　（唱）老王煦平日里言拙语钝，

　　　　　　　却原来他家藏衮冕，私设朝

　　　　　　　廷，久有叛逆心。

　　　　　　　淮南王执掌将军印，

　　　　　　　就是他拥立劝进保驾开国的臣！

　　　　　　　这就是他二人彰彰罪证，

　　　　　　　急忙上殿奏当今。

　　　　　　　喜今日报深仇抓住把柄，

　　　　　　　管教尔等命归阴！

　　　　　　　〔与张济笑下。八哥上。

八　哥　（捡起金炉）这两个老小子，把我们

　　　　公子王帽龙袍骗走了，待我急忙报与

老爷知道，这个戏就越唱越热闹了。

（下）

第八场　闹朝抽身

〔喝道声，四龙套、四大铠引真淮南
王上。

淮南王　　（唱）披文握武尽忠心，

立志勤王建功勋。

戈挥云变惊雷震，

剑扫妖氛靖边尘。

朝中出了贼王濬，

惑君误国害苍生。

挽辔久有澄清意，

誓清君侧诛谗臣。

人马簇簇相呼应，

朱雀桥边甲胄明。

燕子翩翩花弄影，

前站不走为何情？

〔内鸣锣喝道声。

淮南王　前面何官开道？

（内应）王太师早朝。

淮南王　哈哈哈！

（唱）这才是狭路相逢怒恼难禁——

军士们！打上前去！

〔家丁引王濬上，张济携圆盒后随。

王　濬　什么人胆敢拦阻老夫去路？

龙套等　淮南王。

〔龙套大铠打家丁散去，下。

王　濬　反王！

淮南王　奸贼！

王　濬　你与王煦通同谋反！

淮南王　你在朝中惑君误国！

王　濬　你敢与我面君？

淮南王　岂能惧怕于你！

〔圆场至金殿。

王　濬　（唱）撞金钟——

　　　　　〔王濬撞钟。

淮南王　（唱）挝鸣鼓——

　　　　　〔淮南王挝鼓。

二人同　面奏当今！

　　　　　〔武士、太监急引皇帝升殿。

皇　帝　（唱）孤王三日未早朝，

　　　　　　　忽闻金殿闹嘈嘈，

　　　　　　　钟声乱，鼓声高，

　　　　　　　吵得孤王睡不着，

　　　　　　　内侍摆驾金殿到，

　　　　　　　急急忙忙问根苗。

　　　　　　　宝座之上用目瞭——

　　　　　　喝喝喝，淮南王你回朝来了？

淮南王　回朝来了！

皇　帝　你的气色不错呀？

淮南王　不曾饿死！

皇　帝　干么生这么大的气呀？

（接唱）你二人争吵为哪条？

你二人牵须扯带上殿，为了何事？

淮南王　奸相王濬，扣压军饷，惑君误国！

王　濬　淮南反贼，私通王煦，图谋不轨！

皇　帝　（背供）扣压军饷，连孤王也牵连在内，这扣饷事小，谋反事大，还是先问谋反一案！怎么，此事还有王煦那个老头儿在内？武士们！

武　士　（应）有！

皇　帝　快去捉拿王煦当庭审问！

〔武士下，押王煦上。

王　煦　（唱）忽听一声宣王煦，

吓得老臣步趑趄，

眼见得全家要处死，

有口难分是和非！

罪臣王煦见驾，吾皇万岁！

皇　帝　嘟！胆大淮南王、王御史！王太师参奏你二人通同谋反，可有此事？

淮南王　哪有此事！

王　煦　实实的并无谋反之事。

皇　帝　你奏他二人通同谋反，有何罪证？

王　濬　淮南王曾有书信一封，暗投王煦，言
　　　　辞暧昧，内藏隐语，罪证一也。淮南
　　　　王私自回朝，未经面圣，直奔王煦家
　　　　中，密谈终夜，罪证二也。王煦家藏
　　　　冕旒衮服，臣与张济，曾经亲见其子
　　　　元丰穿戴起来，罪证三也。私函、衮
　　　　冕在此，当庭呈验，反王、王煦！你
　　　　二人还有何言辞抵赖？

　　　　（唱）一封书信藏隐语，

　　　　　　　密议终宵人难知，

　　　　　　　帝王衣冠是凭据，

　　　　　　　还不服罪待何时？

皇　帝　罪证彰彰，你二人还有何话讲？

张　济　真赃实证，你二人还是承认了吧！

淮南王　本藩与王煦久无来往，从来不曾去过

他家，又哪里来的什么书信，实在是
怪谬荒唐，想入非非！

王　煦　这都是我那疯癫的儿媳她她她胡作非
　　　　为，老臣家教有疏，罪该万死！

皇　帝　怎么，你还有个儿媳，孤王我怎么不
　　　　知道呀？武士们，你们捉拿王煦之
　　　　时，可曾看见他家有个儿媳？

武　士　有一个！

皇　帝　他儿媳长得可好？

武　士　千娇百媚，貌似天仙。

皇　帝　怎么，千娇百媚，貌似天仙？——
　　　　嘟！胆大王煦，有此美貌的儿媳，为
　　　　何不叫孤王一见？内侍！

　应　　有！

皇　帝　传孤的意旨，宣王煦的儿媳——（向
　　　　王煦）呃，你的儿媳叫什么名字？

王　煦　名唤小翠。

皇　帝　小翠？——唔，好一个香艳的名字！

　　　　　传孤的旨意，宣王煦的儿媳小翠当庭

　　　　受审！

内侍传旨　万岁有旨，小翠上殿！

小　翠　（内应）来了！（上）

　　　　　（唱）校尉传旨到中庭，

　　　　　　　　　揎揎衣襟便起身，

　　　　　　　　　山重水覆疑无路，

　　　　　　　　　解铃还须系铃人。

　　　　　　　　　站立在殿角来观定，

　　　　　　　　　九龙口坐的是无道君。

　　　　　　　　　两腮无肉没脖颈，

　　　　　　　　　亚赛一只小猢狲。

　　　　　　　　　那一旁站的贼王潸，

　　　　　　　　　好像是蹲仓的老狗熊。

　　　　　　　　　狗张济，多谄佞，

　　　　　　　　　多年的耗子成了精。

　　　　　　　　　淮南王，气填膺，

　　　　　　　　　老公爹只吓得哆里哆嗦汗淋淋。

　　　　　大摇大摆在檐前站定——
　　　　　问我一言答一声。

皇　帝　下站可是小翠？

小　翠　唔！

　　　　〔张济向前打量小翠，惊奇。

皇　帝　王太师参奏你公爹与淮南王通同谋
　　　　反，你公爹言道，这都是你胡作非
　　　　为，有这么档子事吗？

小　翠　什么叫谋反呀？

皇　帝　谋反嘞——就是造反。

小　翠　造反哩？有这么回事！

皇　帝　讲！

小　翠　前年，呃大前年，有这么一回，我奶
　　　　奶出去串门去了，我呀，把张家的姐
　　　　姐、李家的妹妹，都约到家来，我们
　　　　把奶奶出嫁当新娘子的时候穿的裙
　　　　子、袄子、绣袜、花鞋、钗环首饰、
　　　　胭脂花粉，都翻了出来，玩娶媳妇聘

女婿，又敲鼓，又打锣，又吹笛子又吹箫，我们足这么一玩，把家里地下、炕上、门道里、灶火里，弄得乱七八糟，我老奶奶回来了，那个气呀，说："丫头们，你们要造反哩！"有这么一回。

皇　帝　什么乱七八糟的。孤王问的是篡位谋朝，举兵作乱。

小　翠　哇！

（唱）谋朝篡位罪名深，

　　　　哪一个敢如此含血喷人！

皇　帝　王太师当殿来奏本，你二人对面去辨明。

小　翠　自古道无赃无证，

皇　帝　官司难定。

王　濬　赃有赃证有证板上钉钉。

　　　　若有真赃和实证？

皇　帝　拿他二人问斩刑！

小　翠　若无真赃和实证？

王　潘　臣愿当殿领罪名——问一个欺当今、
　　　　诬大臣，愿到边外去充军——死也
　　　　甘心！

小　翠　喝，气儿还真冲，话说清楚了！你就
　　　　亮亮你的赃、你的证吧！

王　潘　书信一封。

小　翠　我瞧瞧！就这个？嗨！

　　　　（唱）十六年前婆母怀孕，

　　　　　　　生下一子王元丰，

　　　　　　　满朝文武来称庆，

　　　　　　　淮南王也有礼数通，

　　　　　　　礼单装在封套内，

　　　　　　　这是一个旧信封。

　　　　一个旧信封算不了什么！

张　济　这信封内还有书信，书信的词句，微
　　　　臣熟记在心，倒背如流，淮南王，这
　　　　是你亲笔所写，还是招认了吧！

淮南王　本藩不曾写过什么书信。

张　济　竟敢当面抵赖，待我与你背上几句：
　　　　"一别尊颜，已有数载。弟幸赖军民
　　　　将士之力，扫平敌虏，指日班师回
　　　　朝，与兄共商大事。"这"共商大
　　　　事"，不是谋反，还有何事？

小　翠　口说无凭。

张　济　当殿照信念来。

王　濬　（念信）"一"——呃"一"——
　　　　"一"——

小　翠　"一"，什么？

张　济　太师，快些念啊！

王　濬　"一去二三里，
　　　　烟村四五家，
　　　　楼台六七座，
　　　　八九十枝花。"
　　　　啊呀，怎么变了？

皇　帝　嘟！这是什么谋反的书信啊？

张　济　臣启万岁，书信是昨日午后截获，放
　　　　在书房当中，想是太师忙中有错，拿
　　　　错了，一证不足，尚有二证。

王　濬　尚有二证。

小　翠　那就说说你的二证！

王　濬　淮南王私自回朝，与王煦密谈终夜。

小　翠　淮南王到我们家来了吗？压根儿就没
　　　　有这么回事，这我比谁都知道得清楚，
　　　　你别在这儿发癔症了！

　　　　（唱）我公爹家住乌衣巷，

　　　　　　　淮南王镇守在边疆，

　　　　　　　朝堂一别无来往，

　　　　　　　他未必还记得御史依稀旧姓王。

　　　　　　　你说他昨夜来拜访，

　　　　　　　捕风捉影太荒唐。

　　　　淮南王昨日回朝，可是你二人亲眼
　　　　得见？

王濬/张济　亲眼得见。

小　翠　什么时分？

王濬/张济　日落酉时。

小　翠　什么所在？

王濬/张济　乌衣巷内。

小　翠　这就不对了。

王濬/张济　怎么不对了？

小　翠　（问淮南王）千岁几时到京？

淮南王　今日清晨。

小　翠　什么时辰？

淮南王　日出卯时。

小　翠　昨晚驻节何处？

淮南王　瓜州渡口馆驿之中。

小　翠　可曾出外一步？

淮南王　不曾出外一步。

小　翠　何人可以为证？

淮南王　合营将士，馆驿官员，当地百姓俱可
　　　　为证。

小　翠　我说，你们可愿为淮南千岁作个见证？

内众应　我们亲见淮南千岁，秉烛观书，不曾出外一步。

小　翠　得！我说这个万岁爷，你是相信他们两人，还是相信大伙的呢？

皇　帝　众目睽睽，自然是相信大伙的！我说你们俩是怎么回事，是吃饱了没事，两人一块儿做梦玩来是怎么的？人家昨儿晚上都在瓜州渡口看见淮南王，你们俩偏偏在乌衣巷看见他啦，你们这么胡诌，就我这么个皇上也都不能相信啊！

小　翠　我说他们俩是发癔症吗？

王　濬　这——莫非是我二人眼岔了？

张　济　下官也不明白这是怎么的了，昨日傍晚——（想）我二人好像不曾睡着呀，不妨事，尚有三证。

王　濬　这三证么！——

小　翠　我说这个王太师、张侍郎，这三证您二位就别亮了吧！

王　濬　莫非是胆怕了？

小　翠　这都是我们小孩子家玩的东西，这当
　　　　不了什么大不了的，您就别拿出来
　　　　啦，您还给我们吧！

张　济　岂能还你。

小　翠　我怕你撒了。

王　濬　衮衣旒冕，岂有撒去之理。

小　翠　太师、侍郎呀！

　　　　（唱）痴儿幼女闲解闷，

　　　　　　　嬉戏之具当的什么真，

　　　　　　　你家也有儿和女，

　　　　　　　得饶人处且饶人。

　　　　　　　何必拿它当赃证，

　　　　　　　倘若是一不慎，摔在地，裂
　　　　　　　了璺，可惜了我那五花凤尾真
　　　　　　　龙睛。

　　　　您还给我们吧，别拿出来了！

王　潚　赫！岂能还你！

张　济　臣启万岁，一证不确，二证不真，尚
　　　　有三证。

皇　帝　三证在哪里？

王　潚　就在这圆盒里面。

张　济　圆盒内乃是衮衣旒冕，此乃是臣与太
　　　　师，在王煦家当场搜出，微臣亲手装
　　　　入盒内，一路之上，未曾一刻离手，
　　　　万无差错。当殿取出，万岁一看，便
　　　　知淮南王与王煦谋反属实。此乃是如
　　　　山的铁证。倘有不实，臣与太师，愿
　　　　领欺君之罪，万死不辞。

小　翠　你二人当真要取？

王潚/张济　当真要取。

小　翠　果然要取？

王潚/张济　果然要取。

小　翠　你就与我取！取！取！

皇　帝　当殿取出！

〔王煦浑身颤抖。

〔二人开盒取出一个黄包袱，抖开包袱，里面赫然却是一个玻璃鱼缸，缸中有水，水中有金鱼数尾，拨剌有声。

〔二人急视圆盒，倒转，里面空无所有。

王煦/张济　啊！

〔二人股栗，匍匐在地。

小　翠　您瞧哎！这二位到金銮殿上变戏法来了！

皇　帝　嘟！

（唱）胆大张济和王煦，

　　　　竟敢当殿戏寡人；

　　　　此事犯了大不敬，

　　　　古往今来所未闻；

　　　　若且不将你二人惩——

小　翠　（接唱）你岂不成了屠头萝卜缨？

251

我说这个万岁爷，案情大白，他二人
分明是痰迷心窍，无理取闹。您说该
把他二人怎么办吧？

皇　帝　上风官司归你啦，干脆，你就给我断
他二人一个处分！

小　翠　怎么着，叫我给他们定一个处分？

皇　帝　您就给我代劳代劳吧！

小　翠　那我们可就当仁不让啦。

皇　帝　你就来吧！

小　翠　（唱）王濬本应来正法——

王　濬　万岁谅情一二。

皇　帝　念他有为孤王建造金屋之功——

小　翠　也罢！

　　　　（唱）发配到沙门岛看守鱼虾！

皇　帝　断得好！

王　濬　谢主隆恩！

皇　帝　押下殿去！

　　　　〔武士押王濬欲下，王濬手中犹持

鱼缸。

小　翠　慢走!

〔王濬止步。

小　翠　把金鱼缸还给我们! 我叫你别打开,
看, 撒了吧!

〔王濬下。

淮南王　张济狗钻蝇营, 为虎作伥, 也当问罪。

皇　帝　着啊。

小　翠　(唱)狗张济工机巧其心诡诈——

〔张济拉王煦至一旁。

张　济　亲翁, 与我讲个人情。

王　煦　哪个是你的亲翁!

张　济　(取出金锁, 强塞王煦手中)我的女
儿依然是你的儿媳。

王　煦　老夫已有小翠为媳, 哪个还要你的
女儿。

〔小翠拉王煦至一边。

小　翠　我说公爹, 您还是要了他的女儿吧!

王　煦　你呢？

小　翠　我告诉父亲，我自幼得下不足之症，不能生育，自古道不孝有三，无后为大。您不要他的女儿，往后要是把孙子耽误了，可别埋怨媳妇呀！

王　煦　如此说来还是要下的好？

小　翠　要下的好！

王　煦　这名分呢？

小　翠　我们不争这个。

王　煦　那老夫我就要下了？——啊呀，不成事，不成事！

小　翠　怎么不成事啦？

王　煦　此番与张济联姻，比不得从前娶你，必须要大宴宾客，我儿如此痴呆，如何能够成礼？就是拜堂以后，那进门的媳妇见了元丰不喜，终日啼哭，岂不是平添了一段烦恼？

小　翠　不要紧的，我会治。

王　煦　啊呀，你怎么还会治病么？

小　翠　专治幼年痴呆之症，一治一个准。

王　煦　何不与他早治？

小　翠　那这台戏还怎么唱呀？

王　煦　但不知需要什么药物？

小　翠　都带在身上啦！等这儿完了事，回去
　　　　我就给他下药治病。

王　煦　张济的罪名看在老夫的份上谅情一二！

小　翠　是啦。

　　　　（唱）革职留位，罚俸三月，御花园
　　　　内哄蚂蚱！

皇　帝　断得好！押下殿去！

　　　　〔张济欲下，见小翠面貌酷似其女琼
　　　　英，疑问。

张　济　你是——

小　翠　我是王御史的媳妇小翠！

张　济　你怎么与我女琼英如此的——

小　翠　得了，我跟你女儿琼英怎么啦，快去

你的，别废话，回去准备准备，我们

一会儿就来抬人！

张　济　哦是是是。

王　煦　（唱）一天惊恐都消尽，

谁知绝处又逢生。

喜笑颜开往家奔——

哈哈哈……

小　翠　（接唱）且等儿媳一路行。

皇　帝　转来！

小　翠　事儿都完了，干吗还不让我们走啊？

皇　帝　你说我叫你干吗来啦？

小　翠　叫我们当庭对质，打官司来啦。

皇　帝　非也！

小　翠　非也？

皇　帝　我叫你来是让我看看。

小　翠　那您就看吧！

皇　帝　不是这个看法。

小　翠　要怎样的看法？

皇　帝　我跟你实说了吧！王濬给孤王建了一
　　　　所藏娇的金屋，它有了屋了，还没有
　　　　娇哩！叫你的公爹走人，你呀，你留
　　　　在孤王的宫里住下啵！

小　翠　哦，要把我留在宫里？——我要是不
　　　　愿意哩？

皇　帝　孤王就传旨锁闭各处宫门，谅你也插
　　　　翅难飞！

小　翠　我要是跳井、上吊、抹脖子呢？

皇　帝　那我也不活着了！

小　翠　别介！这么办，咱俩瓶！

皇　帝　来这个：剪刀、石头、布？

小　翠　哎！

皇　帝　几把定输赢？

小　翠　三把，只要你赢了我一把，我就甘心
　　　　情愿，留在宫里，不回去啦。

皇　帝　我要是一把也不赢哩？

小　翠　你要是连输三回，可就得放我走。

皇　帝　行！我打小就最爱跟人瓶了，自从登极以来，就没人跟我玩了，来，豁着我放了你，我过过瘾，连瓶三把，我怎么也能捞住一把。

王　煦　哎慢来慢来，无价之身，岂可如此儿戏！

皇　帝　去你一边去！愿打愿挨，你管得着吗？咱俩来！

小　翠　别忙，咱们得各找一个保人。

皇　帝　怎么还得找个保人？

小　翠　哎，谁输了也不许赖！

皇　帝　行，你找谁？

小　翠　我找淮南王。

皇　帝　你愿为她作保吗？

淮南王　本藩愿为她作保。

小　翠　你哩？

皇　帝　满朝文武、宫娥内侍，俱可为孤王作保。

小　翠　你们愿意吗？

　众　　愿为万岁作保。

小　翠　好，咱俩来！

　　　　（唱）贼昏王，邪心动，

　　　　　　　强留小翠住深宫，

　　　　　　　聊用儿戏将他哄，

　　　　　　　管叫他竹篮打水一场空。

　　　　来！

皇　帝　来！

二　人　瓶、丁、颏。

　众　　万岁输了。

皇　帝　我知道，来！

二　人　瓶、丁、颏。瓶、丁、颏。瓶、丁、颏。

　众　　万岁输了。

皇　帝　我知道，谁要你们他妈的瞎起哄！去
　　　　去去！来！

小　翠　只有一把了。

皇　帝　一把我也得赢你，你走不了，我手气

来了。来!

二　人　瓴、丁、颏!（至七番）

　众　　万岁输了。

　　　　〔皇帝颓然欲倒，内侍急忙上前，皇
　　　　帝正好倒入二内侍臂中。

小　翠　（忙呼）请驾回宫啊!

内　侍　咦?

　　　　〔音乐声忽起，内侍拥皇帝下。

王煦/淮南王　哈哈哈……请!

王　煦　（唱）好一个聪明女晏婴。

淮南王　（唱）谈笑间排难又解纷。

　　　　　　当庭一揖往家奔。（与王煦一
　　　　　　揖，下）

小　翠　（唱）翁媳相随一路行。

　　　　　　回家去，治痴症，迎新人，开
　　　　　　芳樽，宴亲朋，合家大小都
　　　　　　欢庆。

　　　　　　恭喜你来年抱孙孙。

快步流星把家门进——

〔夫人、元丰、八哥、丫鬟、家院
迎上。

夫　人　（唱）又只见他二人毫发无伤喜盈盈。
你二人安然无恙，回来了？

王　煦　回来了。

小　翠　准备清水一碗！

〔八哥取水上。

小　翠　这有丹药一丸，与元丰服下。

〔元丰服药。

小　翠　将他扶入老夫人房中，安睡片时。

〔家院、八哥扶元丰下。

小　翠　待一会儿，他的痴呆之症就会彻治根
除啦！官司也打赢了；元丰的病也快
好啦；我前半天就把花轿发出去啦，
张家新媳妇马上就要进门啦。这就什
么都齐全啦，我的心事已了，这儿没
有我的什么事啦，我要少陪啦。

王煦/夫人　贤德的儿媳，恩重如山，请上受

　　　　　我二老一拜！

小　翠　不敢当不敢当，小翠也有一拜。

　　　　　（唱）深深拜，拜二老，

　　　　　　　　尊声翁姑听根苗：

　　　　　　　　投之以芍药，

　　　　　　　　报之以琼瑶。

　　　　　　　　自入尊宅，多有聒吵，

　　　　　　　　唐突嬉戏望轻饶！

王煦/夫人　媳妇说哪里话来。

小　翠　（接唱，自语）

　　　　　　　　厮磨耳鬓承欢笑，

　　　　　　　　一般是子妇儿曹，

　　　　　　　　尘缘一段今日了——

　　　　　（回头）临去也，依依别意也难消！

　　　　　（下）

王　煦　否极泰来千般好，

夫　人　花团锦簇一家春！

二　人　（同笑）哈哈哈……

〔八哥急上。

八　哥　启禀老爷夫人，公子服了少夫人的丹
　　　　药，汗出如浆，气绝身亡！

王煦/夫人　你待怎讲？

八　哥　气绝身亡！

王煦/夫人　快些搭了上来！

八　哥　搭了上来！

〔四家院抬元丰上，全身僵直，以巾
覆面。王煦、夫人探手入巾，果然
已死。

王煦/夫人　快去寻小翠来！

丫　鬟　是。

〔丫鬟急下。

王煦/夫人　这是怎生得了！

〔丫鬟急上。

丫　鬟　小翠姑娘她她她不见了！

王煦/夫人　啊！分明是用药毒死我儿，抽身

逃走了，与我四处追寻！

〔八哥、家院下。内鼓乐声。八哥
急上。

八　哥　张家的花轿到门！

王煦/夫人　我儿死在这里，偏偏此时花轿来
了，这这这便怎么处？

八　哥　死了一个，走了一个，又来了一个，
瞧这份热闹！（看元丰）哎，老爷、
夫人，了不得啦，公子他走了尸啦！
您看他他他活动啦！

〔众惊怖后退。元丰伸腰展腿，揭巾
而起，俊雅翩翩，判若两人。——此
时元丰改为俊扮。

王元丰　（唱）昏沉沉虚飘飘，云推雾拥，

一霎时灵光内烛照鸿蒙，

梦回始觉真如梦，

犹恐相逢是梦中。

〔元丰顾视诸人，又看看自己。

王元丰　你是爹爹？

王　煦　元丰！

王元丰　你是母亲？

夫　人　我儿！

王元丰　我那媳妇小翠呢？

王煦/夫人　少时就要来了。

王元丰　我这十数载，悠悠忽忽，怎么如同一
　　　　场大梦！

王煦/夫人　你此时觉得怎么样啊？

王元丰　只觉得剔透通明，神清智爽！

王煦/夫人　我儿的病症好了？

王元丰　好了！

八　哥　那就快与公子更换吉服，好与新媳妇
　　　　拜堂成礼啊！

王元丰　啊？我与小翠，已成夫妻，情投意合，
　　　　相亲相爱，又要我与哪个拜堂成礼？

王煦/夫人　这——

八　哥　公子，它是这么回事：您与小翠，虽

有夫妻名分，因为您那时身患病症，并未行礼办事，小翠姑娘只是童养在你们家。如今您的病症好了，这才给你们二位完成花烛，这是给你们圆房哩！不是叫您又跟别人结婚。

王元丰　哦，与我二人圆房？如此你就与我更衣披红！（下）

王　煦　八哥，多亏你讲了这几句言语。

夫　人　只要他肯与张家琼英拜了花堂，这就好了！

八　哥　是啊，只要他一入了洞房，生米煮成熟饭，就没得什么说的了。

丫　鬟　八哥，你这个主意真高！谁教给你的？

八　哥　谁教给我的？王熙凤教给我的。
花轿上堂！动乐！搀新人！
〔八哥赞礼。礼毕。元丰牵纱圆场引张琼英至洞房，坐床撒帐。王煦、夫人、八哥、丫鬟后跟听房。元丰揭去

　　　　　　　　新人盖头，果然是小翠。

王元丰　　小翠！

　　　　　〔琼英转身不应。

王元丰　　（至另一边）小翠！

　　　　　〔琼英又转身不应。

王元丰　　小翠啊！

　　　　　（唱）依然还将旧来意，

　　　　　　　　一般怜取眼前人，

　　　　　　　　今日里我二人终身才定，

　　　　　　　　为什么我叫你你不应声？

王　煦　　他怎么当真把琼英当作了小翠？

夫　人　　莫非他的痴症又复发了？

　　　　　〔王煦、夫人、八哥急入。

王煦/夫人/八哥　　你怎么当真是小翠啊？

琼　英　　媳妇乃是侍郎张济之女，名唤琼英，
　　　　　并非是小翠！

四人同　　你不是小翠？

琼　英　　不是小翠！

四人同　啊？！

丫　鬟　老爷！夫人！公子！八哥！你们看小
　　　　翠姑娘双袖飘飘，站在云端里，冉冉
　　　　远去啦！

四人同　在哪里？

丫　鬟　在那儿哩！你们看，她还向我们回身
　　　　招手哩！

同　　　小翠！小翠！小翠！

　　　　　　　　　　　　——幕落·全剧完

　　　　一九六二年九月廿二日三稿成

　　　第三场"送女聘媳"和第八场"闹朝抽
身"八哥赞礼之前都加念一段喜歌。

　　　第三场　伏以：公子不分公母鸡，
　　　　　　　　　　　夫人老爷都着急。
　　　　　　　　　　　一块石头落了地，
　　　　　　　　　　　天上掉下好儿媳。

第八场　伏以：新人从门入，

　　　　　　故人从阁去。

　　　　　　新人也欢喜，

　　　　　　故人也愿意。

笔下处处有人

——谈《四进士》

《四进士》的来源无可考。传奇、小说、笔记里都找不到它的影子。这大概原是一出地方戏。山西梆子、河北梆子、河南梆子都有这出戏。河南梆子就叫作《宋士杰告状》。故事出在河南。从作者对河南地理熟悉来看，这出戏跟河南可能有些关系。但从唱词的用韵来看，"顾年兄"的"兄"与"不贤人"的"人"押在一起，"中东""人辰"相混，又有点像是山西梆子。也许它还在湖北打了一转，然后再流入京剧的。周信芳的演出本，宋士杰口中有一句念白："这信阳州一班无头光棍，追赶一个女子……""无头"是"无徒"之误。"无徒"是古语，意思就是无赖，元曲中屡见。白朴的《梧桐雨》和关汉卿的《望江亭》中都有。这个古语大概在剧作者写剧本时还活着，到了周先生的嘴里却因口耳相传传讹了。把"徒"读为"头"，是湖北人的口音。"姑苏""尤求"相混，谭鑫培早期的唱词里常有这种现象。马连良演出时念成"油头光棍"，更是以讹传讹了。刘二混是"专靠蒙、坑、诈、骗为生"的混混，却不是调戏妇女的浪子。又，顾读和毛朋的念白中都引用了一句民间俗话："卖屋又卖基，一树能剥几层皮？"这也像是湖北话。

以上这些，都只是一些设想，没有充足的证据。但是这是一个民间的无名的剧作者的手笔，却是可以肯定的。从它所表达的思想，所刻画的人物，以及唱词、念白的语言的通俗而生动，都可以证明。这不是文人的作品，与升平署打本子的太监也无关。

这原是一出很芜杂的戏。最初姚家兄弟、

妯娌争夺家产大概占了相当大的篇幅。争夺的主要东西是一对传家的宝物紫金镯。有一个鼓词《紫金镯》，说的就是这回事。大概鼓词比剧本更早一些。现在的剧本里还保留着紫金镯的一点痕迹。《柳林》一场，有这样的对话：

> 杨　春　你这贱人，方才言道，丈夫去世，三七未满；如今手戴紫金镯，你卖什么风流！

> 杨素贞　客官有所不知，我公公在世之时，留下紫金镯儿一对，我夫妻各戴一只；夫死妻不嫁，妻死夫不娶。今日见了此镯，怎不叫我痛哭啊……

现在这对紫金镯成了可有可无，与戏的发展没有什么关系了。原来围绕这对镯子是有许多纠纷的。到了形成为京剧，比现在通常的演出本也要大得多。查升平署档案，汪桂芬在宫里演出时要分两天演，头二本一天，三四本一天。升平署所藏剧本目录，在《四进士》下注明"十六刻"，比现在的演出本要大出三倍。

这原是一出"群戏"。生、旦、净、末，谁都可以来一段。正旦杨素贞是一个很重要的角色。查清代梨园史料，不少旦角都以演杨素贞而擅名。她可以在"灵堂"唱大段反二黄，在"柳林"唱大段西皮慢板。这是"本戏"，照例有许多哪一出戏里都可用的套子；有许多任意穿插，荒诞不经的情节。

原本，田氏有个儿子叫添财。田氏在毒死姚庭梅之后，持刀去杀杨素贞的儿子保童。保童读书困倦，伏案睡着了。出来一个土地爷，把他救了。土地还把田氏踢倒在地，唱了一句"我一脚踢你个倒栽葱"。田氏又叫添财去杀保童。添财高叫"看刀"，但想起自小和保童一块长大，不忍下手。于是叫醒保童，说："我妈叫我杀你，我想，咱们从小一块长大，怪不错的。你死了，谁跟我玩儿呢？我不杀你，咱俩逃走了吧！"这两个孩子一同逃到信阳州，还见到杨素贞。杨素贞此时已经下了狱。她婆婆也到了信阳州。婆婆探监，见到杨素贞，大唱了一气，与《六月雪》相似。最妙的是杨素贞的婆婆夜宿神庙，梦中得了一个"温凉玉盏"。"温凉玉盏"本是秦代的宝物，原名"四季温凉玉盏"，见于孤本元明杂剧《临潼斗宝》。不知怎么叫这位老太太得着了，而且是在梦中！老太太把这件宝物献给毛朋。毛朋转献给皇帝，同时将有关案情人奏。皇恩浩荡，尽准毛朋所奏，并且赐了一块匾："节义廉明"。所以这出戏又叫《节义廉明》。

真正是打胡乱说，莫名其妙！

现在南周（信芳）北马（连良）所演的《四进士》，大体相同，基本上是一个本子。许多芜杂的、荒诞的、陈旧的情节去掉了。情节集中了，主题明确了，人物突出了。这项工作是谁来完成的呢？这个人真是《四进士》的一个功臣。也许有这么一个人，也许没有这样一个人。也许，这是一个具有睿智、天才的伟大的剧作家——观众。

有人相信《四进士》是真人真事。

有一个传说，说宋士杰确有其人，信阳州现在还有他开的店，他的店的门槛是铁门槛，这当然是好事者附会出来的。说门槛是铁的，无非说是物如其人，老头儿脾气硬，门槛也是硬邦邦的。宋士杰并无其人，从他的名字就可以看出来。这个名字是谐音。"宋士"即讼师。"宋士杰"者，讼师里的杰出的人也。这是一个"拼凑起来的角色"，剧作者把许多讼师的特征都集中到他身上了。

戏曲剧本写一个讼师，以一个讼师为主要人物的，好像还只有这一出。

讼师这种人，现在没有了。过去是哪个城市里都有的。凡有衙门处，即有讼师。讼师就是包打官司——包揽词讼的人。这是一种很特殊的职业。他们是有师傅，有传授（多是家传），而且是有专书的。有一本书叫《邓思贤》，就是专门讲怎样打官司的。这邓思贤就是一个有名的讼师。这种人每天坐在家里，就是等着人来找他打官司。他们可以替你写状子，教你怎样回话——怎样为自己狡辩，怎样诬赖对方，可以给你打通关节，给你出各种主意，一直到把对方搞得倾家荡产、一败涂地，只要你给他钱。他们的业务是远远超过正常的法律辩护的范围的。这是依附在封建政体上的蝇蚋，是和官僚共生的蛆虫。这种人大都很坏，刁钻促狭，手辣心狠。这是他们的职业训练出来的。好人，老实人是当不了讼师的。讼师的名声比师爷还要更坏一些。人们有事找他，没事躲着他。讼师所住的地方，做小买卖的都不愿意停留。街坊邻居的孩子都不敢和他们家的孩子打架。

然而《四进士》写了一个好讼师，给讼师翻了案。有人推测，此剧的作者大概就是一个讼师，这倒有几分可能。不过也不一定。作者对讼师这种人，对衙门口的生活是非常熟悉的，这一点则是可以肯定的。

宋士杰是一个好人。他好在，一是办事傲上。在旧社会，傲上是一种难得的品德。一是好管闲事。

宋士杰的性格是逐步展开，很有层次的。剧作者要写他爱打抱不平、爱管闲事，却从他不愿管闲事、怕管闲事写起。

宋士杰的出场是很平淡的。没有什么"远铺垫""近铺垫"。几记小锣，他就走出来了。四句诗后，自报家门：

> 老汉，宋士杰。在前任道台衙门，当过一名刑房书吏。只因我办事傲上，才将我刑房革退。在西门以外，开了一所小小店房，不过是避嫌而已。今日有几个朋友，约我去吃酒，街市上走走。

"避嫌"即表示引退闲居，不再过问衙门中事。当然，他是不甘寂寞的。他见多识广，名声在外，总是时常有人来向他求教的。班头丁旦为了"今有一桩事儿，不得明白，不免到宋家伯伯那里领教领教"。为田伦向顾读下书行贿的二公差，在他店里住了一宿，临走时还打听"有个宋士杰，你可认识？"也是慕名而想向他请教。但是他近年来毕竟是韬晦深藏，不大活动了。现任道台久久未闻此人踪迹，以为他已经死了。及至听到宋士杰这个名字，不免吃了一惊："这老儿还在！"

他没有到处去揽事。他卷进一场复杂的纠纷完全是无心的。他不知姚、杨二家的官司，更不知道以后的麻烦，他遇见杨素贞是偶然的。他要去吃酒，看见刘二混同四光棍赶杨素贞，他的老毛病犯了：

啊！这信阳州一班无徒光棍，追赶一个

女子；若是追在无人之处，那女子定要吃他们的大亏。我不免赶上前去，打他一个抱不平！

但是转念一想：

咳，只因我多管人家的闲事，才将我的刑房革退，我又管的什么闲事啊。不管也罢，街市上走走。

他和万氏打跑了刘二混，以为事情就完了。万氏把杨素贞引进店里，他和杨素贞的交谈，也是没有目的的，他问人家姓什么、什么地方的人、到信阳州来干什么，都是见面后应有的闲话。听到杨素贞是越衙告状来了，他顺口说了一句："哎哟，越衙告状，这个冤枉一定是大了。"也还是局外人的平常的感叹，无动于衷。他想看看杨素贞的状子，只是一种职业的习惯。"状纸若有不到之处，我与她更改更改。"他看了状子，指出什么是"由头"，点破哪里是"赖词"，称赞状子写得好，"作状子这位老先生，有八台之位"，"笔力上带着"，但是，"好是好，废物了"，因为"道台大人前呼后拥，女流之辈挨挤不上，也是枉然"，"交还与她"，他不管了！

他不想管闲事。他不想管闲事吗？

万氏认了杨素贞为干女儿，杨素贞也叫了宋士杰一声干父，宋士杰答应给干女儿去递状子。

到道台衙门递一张状子，这在宋士杰真是小事一桩。本来，宋士杰可以不误堂点，顺顺溜溜地把状子递上，那就万事皆休，与他宋士杰再无干系。不想偏偏遇着班头丁旦，有事求教，拉去酒楼，错过道台的午堂，状子不曾递上，出了个岔子，使他不得不击动堂鼓，面见顾读。犹如一溪静水，碰见了横亘的岩石，撞起了浪花，使矛盾骤然激化了，使宋士杰从一个旁观者变成了当事人，从一个局外人变成了矛盾的一个方面。

要写宋士杰打抱不平、管闲事，先一再写

他不想管闲事，欲扬先抑。作者并没有写他路见不平，义形于色，揎拳攘袖，拔刀向前。不。不能这样写。他不是拼命三郎石秀，他是宋士杰。

宋士杰是一个讼师，他的主要行动正是打官司。宋士杰的戏主要是这几场：一公堂、二公堂、盗书、三公堂。三公堂是毛朋的戏，宋士杰没有太大作为。盗书主要看表演。真正表现宋士杰的讼师本色的是一公堂、二公堂。宋士杰的直接的对立面是顾读。一公堂、二公堂，可以说是宋士杰斗顾读。

剧作者没有在姚杨二家的案件上做什么文章，这件案子的是非曲直是自明的事。

一公堂争辩的是宋士杰是不是包揽词讼。

宋士杰是不是包揽词讼？当然是的。包揽词讼是犯法的。所有的讼师在插手一桩官司之前，都必须先替自己把这个罪名择清。宋士杰当然知道这一层。他知道上堂之后，顾读首先要挑剔这一点。他要考虑怎样回答。顾读一声"传宋士杰！"丁旦下堂："宋家伯伯，大人传你。"宋士杰"吓"了一声。丁旦又说："大人传你。"宋士杰好像没听明白："哦，大人传我？"丁旦又重复一次："传你！小心去见。"宋士杰好像才醒悟过来："呵呵！传我？"这么一句话有什么听不明白的呢？宋士杰为什么这样心不在焉，反应迟钝呢？不是的，他是在想主意。他脱下鸭尾巾，露出雪白的发髻，报门："报，宋士杰告进。"不卑不亢，似卑实亢。他这时已经成竹在胸，所以能这样从容沉着。顾读果然劈头就问：

"你为何包揽词讼？"

"怎见得小人包揽词讼？"

"杨素贞越衙告状，住在你的家中，分明是你挑唆而来，岂不是包揽词讼？"

顾读问得是在理的。

"小人有下情回禀。"

"讲！"

宋士杰的回答实在是出人意料：

咋！小人宋士杰，在前任道台衙门当过一名刑房书吏。只因我办事傲上，才将我的刑房革掉。在西门以外，开了一所小小店房，不过是避嫌而已。曾记得那年，去往河南上蔡县办差，住在杨素贞她父家中；杨素贞那时间才这长，这大；拜在我的名下，以为义女。数载以来，书不来，信不去。杨素贞她父已死。她长大成人，许配姚庭梅为妻。她的亲夫被人害死；来到信阳州，越衙告状。常言道是亲者不能不顾；不是亲者不能相顾。她是我的干女儿，我是她的干父；干女儿不住在干父家中，难道说，叫她住在庵堂——寺院！

这真是老虎闻鼻烟！明明是一件没影子的事，他却把它说得有鼻子有眼，活灵活现，点水不漏，无懈可击！这些话是临时旋编出来的，可编得那样的圆全！宋士杰自己对这样的答话也是得意的。杨素贞对他说："干父，你这两句言语，回答得好哇！"宋士杰一笑："嘿，这两句言语回答不上，怎么称得起……（两望，低声）包揽词讼的老先生。"顾读光会咋呼，不是对手！宋士杰充满了胜利的快乐：

> 回得家去，叫你那干妈妈，做些个面食馍馍，你我父女吃得饱饱的，打这场热闹官司。走哇。走哇！嗳，走哇！

什么叫讼师？这就叫讼师——数白道黑，将无作有。

"二公堂"是宋士杰替杨素贞喊冤。顾读受贿之后，对杨素贞掯指逼供，上刑收监。宋士杰在堂口高喊"冤枉！"

顾　读　宋士杰，你为何堂口喊冤？

宋士杰　大人办事不公！

顾　读　本道哪些儿不公？

宋士杰　原告收监，被告讨保，哪些儿公道？

顾　读　杨素贞告的是谎状。

宋士杰　怎见得是谎状？

顾　读　她私通奸夫，谋害亲夫，岂不是
　　　　谎状？

宋士杰　奸夫是谁？

顾　读　杨春。

宋士杰　哪里人氏？

顾　读　南京水西门。

宋士杰　杨素贞？

顾　读　河南上蔡县。

宋士杰　千里路程，怎样通奸？

顾　读　呃！他是先奸后娶！

宋士杰　既然如此，她不去逃命，到你这
　　　　里送死来了！

这个地方宋士杰是有理的。但是他得理不让，步步进逼，语快如刀，不容喘息，一鞭一条痕，一掴一掌血，一直到把对方打翻在地，再也起不来，真是老辣厉害。什么叫讼师？这就是讼师。

宋士杰的性格是多方面的。作者除了写了他精通吏道、熟谙官府，还写了他世事洞明、人情练达。

宋士杰吃酒误事，误过午堂，状子不曾递上，他很懊丧，在回家的路上一边走一边自己叨叨：

> 咳！酒楼之上，多吃了一杯，升过堂了，状子没有递上，只好回去。吃酒的误事！咳！回得家去，干女儿迎上前来，言道："干父你回来了？"我言道："我回来了。"干女儿必定问道："状子可曾递上？"我言道："遇见一个朋友，在酒楼

之上，多吃了一杯，升过堂了，没有递上。"她必然言道："干父啊，我不是你的亲生女儿；若是你的亲生女儿，酒也不吃了，状子也递上了。"这两句言语，总是有的……这两句言语，总是……

到了家，杨素贞果然对万氏说：

嗳，我不是他的亲生女儿……

宋士杰用极低的声音：

来了！

杨素贞接着说：

若是他的亲生女儿，酒也不吃了，状子也递上了！

宋士杰：

我早晓得有这两句话……

真是如见其肺肝然。这老头儿对人情世故吃得太透了！

《盗书》一场，誊写书信的动作很重要，但是没有前面的念白，就引不起后面的动作。他一见那两个公差，就感觉到"来得尴尬"，要听他们讲些什么。果然听出一些名堂：

听他们言道："田顾刘，……"这"田顾刘"是什么人？哦，上蔡县刘题，信阳道顾读，这田……田……哦是了！未曾上任的江西巡按田伦，莫非是他不成？他们又言道："酒，酒，酒，终日有；有钱的在天堂，无钱的下地狱。"口角带字，其中必有缘故。哎呀，他们过店的时节，见他手中，有一包裹，十分沉重，其中必有要紧之物，我不免等他们睡着，将门——咳！为我干女儿之事，我也不得不如此——将门拨开，取将出来，看上一看。

若有我干女儿之事，我也好做一准备呀。

他的嗅觉很灵。是啊，他是六扇门里的，又是开店的，什么样的人没见过？什么样的事没见过？这两个公差带着三百两银子——三百两有好大一堆，能逃过他的眼睛吗？

他听说按院大人在此下马，写了一张状子。途遇杨春，认为干亲，合计告状。听到鸣锣开道，差杨春前去打探。他突然想起：

> 哎呀！按院大人有告条在外，有人拦轿喊冤，四十大板。我实实挨不起了！有了。我看杨春这个娃娃，倒也精壮得很；我把这四十板子，照顾了这个娃娃吧！

杨春递状回来，他不好好地问人家递上了没有，他叫人家"走过去""走回来"！

宋士杰　　啊，这娃娃怎么还不回来，待我迎上前去。

杨　春　义父！

宋士杰　娃娃，你回来了？

杨　春　我回来了。

宋士杰　状子可曾递上？

杨　春　递上了。

宋士杰　哦，递上了！——递上了？

杨　春　递上了。

宋士杰　递上了？

杨　春　递上了啊！

宋士杰　走过去！

杨　春　哦，走过去。

宋士杰　走回来。

杨　春　好，走回来。

宋士杰　唉！娃娃，你没有递上。

杨　春　怎见得没有递上？

宋士杰　哈哈！娃娃，我实对你讲了吧：
　　　　按院大人有告示在外，有人拦轿
　　　　喊冤，打四十大板。你这两腿好

好的，状子没有递上吧？

有一个孩子读《四进士》剧本，读到这里，说："这个宋士杰，真坏！"

宋士杰是真坏。

他击动道署的堂鼓，害得看堂人挨了四十板。看堂人下来叫他，他还要问人家：

"娃娃，你挨打了吧？"

"唔，挨啦！"

"四十个板子？"

丁旦到上蔡县去提差，他送人家一笔空头人情。"我这里有一茶之敬，带在身旁，买杯茶吃吧。"丁旦不敢拿，他说人家嫌轻了。丁旦愧领，刚走不远，他在那里念秧："好，好！好丁旦！好丁旦！这个娃娃吃红了眼了，连我宋士杰的银子他也敢要！好，姚、杨二家，不少一名还则罢了；短少一名，管叫这个娃娃挨四十个板子，不能挨三十九。"丁旦听见，连忙回来："原银未动。"宋士杰收了银子，还笑呵呵地说："娃娃，你的胆子小啊。"——"我本来胆子小。"——"好，吃衙门饭，原要胆小。"他一毛不拔，最后还要奉送一句金玉良言，真正叫人哭笑不得。

作者不放过任何一个有用的细节。他写这些细节并不吃力。信手拈来，皆成妙趣。闲中着色，精细至此。正如风行水面，随处成文。其原因，在于作者对生活熟透了。其可贵处在于，笔下处处有人。

宋士杰是好人，可是他很坏。宋士杰很坏，可是还是一个好人。这是一个有血有肉的，活生生的人物，不是一个干瘪的概念。他的性格不是简单的。简单的性格不是性格。作者也没有把他写成一个一般化的讼师，他写的是宋士杰。这样的性格在中国戏曲里少见。不可无一，不可有二。他是"这一个"。

《四进士》在中国戏曲里是一部杰出的现实主义的作品，宋士杰是一个非常难得的典型。

学习《四进士》对于借鉴传统，推动我们今天的创作，是有益的；对于克服"四人帮"造成的公式主义的影响，是有益的。

《四进士》很好了。现在的演出本是一个相当干净、相当精练、相当完整的本子。但是是不是没有加工余地了？能不能再改改？

双塔寺盟誓，毛朋原有这样的念白：

> 可恨严嵩在朝，与我等作对；多蒙海老恩师保奏，我等方能帘外为官。那严嵩心中怀恨，差遣心腹人等暗中察访，要寻拿你我的错处，以图伤害。

早年演出时，还有严嵩的心腹带领校尉过场，后来大都删掉了。

这只是一个背景，一个伏线。但把整个故

事放在这样一个政治背景上来写，有好处。这样就能说明毛朋秉公执法的直接原因，不致把毛朋拔得太高，成了单纯的为民请命。

姚、杨二家的纠纷简化了，是对的。不过现在写法有点近乎儿戏。田氏因为听说婆婆说她"走东家、串西家，不像个官宦人家的规矩"，怀疑是杨素贞挑唆，因此便起意要毒死姚庭梅，殊不可信。应该还是为了争夺家产。这和毛朋所写状子上的"由头""害夫谋产、典卖鲸吞"也才对得上号。田氏与田伦的关系要早点提起。她谋产害人，还不是因为有这么个当大官的阔弟弟么？

顾读是"直接受贿"还是"间接受贿"，是师爷把银子拿走了，还是他自己收下了，都可以商量。但不论用哪一种写法，都不能对顾读原谅。

田伦一点性格没有。他向顾读行贿，是不是只是因为母亲一跪，可以考虑。他的思想应该稍稍复杂一些，不能把他的行为写成是全不得已。

有一些不恰当词句要改改。毛朋的定场诗"逢龙除角，遇虎拔毛"，这种天真的、童话式的夸张词句出于一个八府巡按之口，不怎么合适。黄大顺的上场诗"朝为田舍郎，暮登天子堂"，显然是演员随便抓来的。一个幕僚，登的什么天子堂呢？不合身份。杨素贞《柳林》的唱词："你家也有姊和妹，你姊姊嫁过多少人"，有点像个泼妇。有些听不懂的词句可改。周信芳本，按院大人有告条在外，有人提起"贩梢"二字，责打四十大板，一面长枷。"贩梢"费解。马连良演出时念成"贩售"，还有念成"贩售人口者"，也都令人生疑。按院察访民情，为什么对贩卖人口问题这样注意，特别出了告示？这一节去掉，于戏似无大碍。"无徒"现在既然很少人懂，不如径改为"流氓光棍"。诸如此类。

"三公堂"宋士杰没有什么戏。毛朋很有

戏，宋士杰相形见绌。他在八府巡按面前好像变得老实了。要把这场戏往上挺一下，要想点办法。这办法不太好想。

周信芳和马连良的演出，基本上用的是一个底本。但是取舍之间，颇有不同。现在周先生、马先生都已作古，是不是能把南北两个本子参合起来，斟酌长短，定成一个更完善的本子，供青年演员演出？

我们的前人曾把《四进士》大改了一下，取得很大的成绩。我们今日把它再改改，让它再提高一点，再好一点，可不可以呢？有没有这个必要呢？可以的，也必要的。工程不大，但也要费一点事，而且会有困难。困难之一，是有门户之见。我们今天提倡流派，流派不等于门户。然而门户之见是有的。如之何？如之何？

一九七八年十二月写成

一九七九年六月八日改定

听遛鸟人谈戏

　　近来我每天早晨绕着玉渊潭遛一圈。遛完了，常找一个地方坐下听人聊天。这可以增长知识，了解生活。还有些人不聊天。钓鱼的、练气功的，都不说话。游泳的闹闹嚷嚷，听不见他们嚷什么。读外语的学生，读日语的、英语的、俄语的，都不说话，专心致意把莎士比亚和屠格涅夫印进他们的大脑皮层里去。

　　比较爱聊天的是那些遛鸟的。他们聊的多是关于鸟的事，但常常联系到戏。遛鸟与听戏，性质上本相接近。他们之中不少是既爱养鸟，也爱听戏，或曾经也爱听戏的。遛鸟的起得早，遛鸟的地方常常也是演员喊嗓子的地方，

297

故他们往往有当演员的朋友，知道不少梨园掌故。有的自己就能唱两口。有一个遛鸟的，大家都叫他"老包"，他其实不姓包，因为他把鸟笼一挂，自己就唱开了："包龙图打坐在开封府……"就这一句。唱完了，自己听着不好，摇摇头，接着再唱："包龙图打坐……"

因为常听他们聊，我多少知道一点关于鸟的常识。知道画眉的眉子齐不齐，身材胖瘦，头大头小，是不是"原毛"，有"口"没有，能叫什么玩意儿：伏天、喜鹊——大喜鹊、山喜鹊、苇咋子、猫、家雀打架、鸡下蛋……知道画眉的行市，哪只鸟值多少"张"。——一"张"，是一张拾圆的钞票。他们的行话不说几十块钱，而说多少张。有一个七十八岁的老头儿，原先本是勤行，他的一只画眉，人称鸟王。有人问他出不出手，要多少钱，他说："二百。"遛鸟的都说："值！"

我有些奇怪了，忍不住问：

"一只鸟值多少钱，是不是公认的？你们都瞧得出来？"

几个人同时叫起来："那是！老头儿的值二百，那只生鸟值七块。梅兰芳唱戏卖两块四，戏校的学生现在卖三毛。老包，倒找我两块钱！那能错了？"

"全北京一共有多少画眉？能统计出来么？"

"横是不少！"

"'文化大革命'那阵没有了吧？"

"那会儿谁还养鸟哇！不过，这玩意儿禁不了。就跟那京剧里的老戏似的，'四人帮'压着不让唱，压得住吗？一开了禁，您瞧，呼啦——全出来了。不管是谁，禁不了老戏，也就禁不了养鸟。我把话说在这儿：多会有画眉，多会他就得唱老戏！报上说京剧有什么危机，瞎掰的事！"

这位对画眉和京剧的前途都非常乐观。

一个六十多岁的退休银行职员说："养画

眉的历史大概和京剧的历史差不多长，有四大徽班那会就有画眉。"

他这个考证可不大对。画眉的历史可要比京剧长得多，宋徽宗就画过画眉。

"养鸟有什么好处呢？"我问。

"嘻，遛人！"七十八岁的老厨师说，"没有个鸟，有时早上一醒，觉着还困，就懒得起了；有个鸟，多困也得起！"

"这是个乐儿！"一个还不到五十岁的扁平脸、双眼皮很深、络腮胡子的工人——他穿着厂里的工作服，说。

"是个乐儿！钓鱼的、游泳的，都是个乐儿！"说话的是退休银行职员。

"一个画眉，不就是叫么？怎么会有那么大的差别？"

一个戴白边眼镜的穿着没有领子的酱色衬衫的中等老头儿，他老给他的四只画眉洗澡——把鸟笼放在浅水里让画眉抖搔毛羽，说：

"叫跟叫不一样！跟唱戏一样，有的嗓子宽，有的窄，有的有膛音，有的干冲！不但要声音，还得要'样'，得有'做派'，有神气。您瞧我这只画眉，叫得多好！像谁？"

像谁？

"像马连良！"

像马连良？！

我细瞧一下，还真有点像！它周身干净利索，挺拔精神，叫的时候略偏一点身子，还微微摇动脑袋。

"潇洒！"

我只得承认：潇洒！

不过我立刻不免替京剧演员感到一点悲哀，原来在这些人的心目中，对一个演员的品鉴，就跟对一只画眉一样。

"一只画眉，能叫多少年？"

勤行老师傅说："十来年没问题！"

老包说："也就是七八年。就跟唱京剧一

样：李万春现在也只能看一招一势，高盛麟也不似当年了。"

他说起有一年听《四郎探母》，甬说四郎、公主，余太君是李多奎，那嗓子，冲！他慨叹说：

"那样的好角儿，现在没有了！现在的京剧没有人看——看的人少，那是啊，没有那么多好角儿了嘛！你再有杨小楼，再有梅兰芳，再有金少山，试试！照样满！两块四？四块八也有人看！——我就看！卖了画眉也看！"

他说出了京剧不景气的原因：老成凋谢，后继无人。这与一部分戏曲理论家的意见不谋而合。

戴白边眼镜的中等老头儿不以为然：

"不行！王师傅的鸟值二百（哦，原来老人姓王），可是你叫个外行来听听：听不出好来！就是梅兰芳、杨小楼再活回来，你叫那边那几个念洋话的学生来听听，他也听不出好来。不懂！现而今这年轻人不懂的事太多。他们不懂京剧，那戏园子的座儿就能好了哇？"

好几个人附和："那是！那是！"

他们以为京剧的危机是不懂京剧的学生造成的。如果现在的学生都像老舍所写的赵子曰，或者都像老包，像这些懂京剧的遛鸟的人，京剧就得救了。这跟一些戏剧理论家的意见也很相似。

然而京剧的老观众，比如这些遛鸟的人，都已经老了，他们大部分已经退休。他们跟我闲聊中最常问的一句话是："退了没有？"那么，京剧的新观众在哪里呢？

哦，在那里：就是那些念屠格涅夫、念莎士比亚的学生。

也没准儿将来改造京剧的也是他们。

谁知道呢！

（初刊于一九八二年）